光文社文庫

文庫書下ろし

ぶたぶたカフェ

矢崎存《あり》美《み》

光　文　社

この作品は光文社文庫のために書下ろされました。

目次

ぶたぶたカフェ……5
あとがき……230

1

母のさつきが再婚すると言う。

昨夜、電話がかかってきた。正直、こんなに弾んでいる母の声は、聞いたことがなかったかもしれない。

相手は、泰隆《やすたか》も知っている人だ。母の勤めている会社の上司、惣田英治郎《そうだえいじろう》――出会った頃から何くれと親切にしてくれた。

彼も離婚経験者で、子供はいなかったが、泰隆のことを本当の息子のようにかわいがってくれていた。何度となく二人に再婚をすすめていたのだが、ようやく決心をしたらしい。

「俺が就職したら、結婚すると思ってたよ」

三年前のことだ。

母は申し訳なさそうに言う。

「そうしようと思ってたんだけど、何だか長引いちゃって——」

泰隆は気づいていた。心配性の母は、働き始めた息子の生活が軌道に乗るまで待っていたのだ。今時の若者だから、すぐに辞めてしまうんじゃないか、慣れない一人暮らしで身体を壊してしまうのではないか、といつも気に病《や》んでいた。

決してうるさく言わないが、自分のことを第一には考えられない人だから、容易に察せられる。

「住むところはどうするの？」

「英治郎さんのところに一緒に住もうって——ていうか、もう引っ越したの」

母の声には、照れがにじんでいた。

これでひと安心だ。泰隆は心からそう思う。

「これからは夫婦で楽しんでよ。俺のことは気にせず」

そういう生活に母が慣れるまで別の意味で大変だろうが、惣田が何とかリードしてくれるに違いない。

「うん、ありがとう。息子にこんなこと言うのは、何だか恥ずかしいね……」

しかし、母だってまだ四十代なのだ。

「今までずっとがんばってきたんだから、神様だってごほうびくれるよ」

「そうかな……」

ためらいがありつつも、うれしそうな声だ。

「英治郎さんはいるの？」

「ううん、まだ帰ってないの。今度、三人で食事でも行こうって」

「うん。わかった」

母との電話が終わったあと、さっそく継父《ちち》（まだだが）にメールを打つ。


まずは手始めに、新婚旅行にゆっくり行ってきたら？

まもなく返事が来た。


予定は立ててるよ。

泰隆もごくろうさま。

意味深な文面に、ちょっと胸が熱くなった。彼には見抜かれていたのか。

目黒《めぐろ》泰隆が「いい子」、あるいは「優等生」と言われるようになったのは、両親の離婚がきっかけだった。

父親は一流企業に勤める優秀なサラリーマンだったが、親の自覚が足りない人だった。暴力などはなかったが、家族で出かけても一人で勝手に帰ってしまったり、息子との約束を平気でやぶったり忘れたりするような子供っぽい性格な上、浮気グセも直らなかった。

物心がついた頃から、泰隆は母が一人で泣いている背中をよく見ていた。父親を責める一方で、生返事を本気だと思い込み傷ついたこともしばしばで、浮気相手が家に押しかけたりするのも日常茶飯事《にちじょうさはんじ》だった。

ようやく離婚が成立したのは自分が小学三年生になったばかりの頃。母は今勤めている会社に入り、二人だけの生活が始まった。

その時、母をもう泣かさない、と泰隆は誓ったのだ。

今にして思えば、自責感が強い母の性格を無意識に見抜いていたのかもしれない。息子に何かあれば、それをすべて自分のせいだと感じてしまう彼女の脆《もろ》い部分を守ろうとしたのだろう。

だから泰隆は、とりあえず世間で言われるような「いい子」になろう、と考えた。息子のせいで母が責められないように。むしろ、誉められて喜ぶような。

まずは勉強していい成績を取り、運動会や各種コンクールなどではトップでなくても入賞くらいしよう、と目標を立てた。

勉強が嫌いで、離婚前は母を困らせてばかりだったが、転校を機にいい先生に恵まれたおかげか、成績はすぐに上がった。元々はあまり口数が多い方ではなかったけれど、明るくふるまい、クラスの中心的存在にもなった。

絵画のコンクールには縁がなかったが、作文や読書感想文はコツをつかめば先生受けのいいものが書けるとわかった。課題図書はあまり好きになれなかったが、本を読むことは次第に趣味になっていった。

運動は、足が速かったのでリレーのアンカーになったり、中高と陸上部に入って大会で上位入賞したりした。球技もまあまあできたので、体育祭でいくつかの競技をかけもちしたり。

もちろん、委員会や生徒会などでもがんばった。卒業式の答辞や送辞、総代とか、先生受けのいいことはだいたいやったつもりだ。

——考えてみると、いやな子供だな、と自分でも思う。でしゃばりだし、しかもたいていそつなくこなした。口だけで空回りしたら、目も当てられないくらい痛い奴だ。そうならなかった自分ほど幸運な人間はいないとわかりすぎるくらいわかっている。

だが、本当にやりたいと思ったものは一つもなかった。はっきり言えば、どれにもそんなに興味がなかったのだ。

勉強は本気でがんばったけれど、それは学費を浮かすために公立の進学高や国立大学へ入るため。部活でも、自分のペースでできる種目しかやらなかった。本気でやっている子たちに悪いし、何より真剣にやったとしても「ほどほど」の成績しか取れないとわかっていたから。

それでも母は——挑戦したことが「ほどほど」、あるいは失敗に終わっても——喜んでくれた。ガッカリしなければ、充分なのだ。疲れている母が笑顔を見せ、心配の種を一つでも減らせれば、それでよかった。

母と惣田は、泰隆が高校の頃からつきあい始めたのだが、ある日、彼から言われた言葉がある。

「無理してるんじゃないの？」

その時から、彼には見抜かれていたらしい。

「我慢せずに言った方がいいんじゃない？　反抗期もなかったって、お母さんが言ってたよ」

「反抗する余裕はなかったですよ」

「前のお父さんが、君を大人にしちゃったんだね……」

そうかもしれないが、泰隆にとって父親はもうどうでもよかった。今一緒に暮らしている自分がしっかりすれば、母の心も安定し、様々なことに余裕が出てくる。仕事に精を出し、友人とつきあい、再び男性を信頼できる時も来る。

反抗期というか、イライラを母にぶつけてしまいそうな時もあったが、部活で発散できたおかげで助かったようだ。

とはいえ、母のためにと始めた優等生の仮面は、割としっくりといってしまい、小中高大とそういうイメージの中で生きてきた。しんどかったかと訊かれると、うなずけない。その仮面は、自分にとっても楽だったのだ。

なぜかというと、他に打ち込めるものがなかったから。

何か好きなことでもあれば、それを我慢して優等生を演じるのは苦しかっただろう。でも、そういうものがなかった自分にとって、かえって都合がよかった。役目がなかったら、その方がきっと混乱していたはずだ。

今の会社に入ったのも、母が喜びそうだから、というだけだったが、思わぬおまけがついてきた。同業ではないのだが、なぜか父親のその後がわかったのだ。といっても、退職しているということ以外はよくわからない。やはり女性関係が問題で辞めたとか何とからしいが、それ以上は深追いしなかったし、母にも言わなかった。

働き始めても、母は惣田と再婚しなかったので、「優等生」のままで仕事を続けた。

こんないいかげんな気持ちで勉強や仕事をしている、と知れたら、他人には軽蔑されるだろう。なので、本音を言える友人はいないといってもいい。友人自体はたくさんいるが、それは優等生で面倒見がよい「目黒泰隆」という仮面の友だちであって、本当の自分にではない。

では、「本当の自分」って？　本当の自分に、友人はできるのだろうか？

小学三年生より前の友だちとは、転校以来、一度も会っていない。泰隆のことを憶えているだろうか……？

そういうことも考えないようにしていると、いつの間にか思い出さなくなる。元々空っぽなので、簡単に習慣化されていくのだろう。

と、たまに自虐的になったりするが、そんなことばかり悩んでも仕方がない。とにかく、母が自分を心配するように、自分だって母が心配だったのだ。

それが今、なくなろうとしていた。

「優等生」の仮面をはずしてもいいのだ。

自分のやりたいことを、探してもいい。いや、探そう。探したい。

今ならまだ、見つかる気がする。


ということで、入籍してからリフレッシュ休暇を取り、ヨーロッパへ旅立った母と惣田を見送ったその日、会社を辞めた。

引き止められたが、実はもう限界だった。泰隆は、不眠症にかかっていた。満足に眠れず、朝起きられない日々がずっと続いていたのだ。

朝に弱いわけではない。高校の時は朝練に普通に出ていたし、たくさんやったバイトの中には早朝のものもあった。朝起きるのに苦労した記憶はない。

なのに、一年くらい前から起きられない状態が続いていた。目覚ましに気づかないほど熟睡していたり、止めてまた眠ってしまったりとパターンはいくつかあるのだが、とにかく睡眠の質の悪さが原因だった。

病院へ行ってはいるが、もらっている薬は効いたり効かなかったり、効き過ぎたりとこれまた安定しない。頼りすぎるのも怖く、それがまたストレスになったりするのだ。

ついにこれまでの無理がたたったか、と思っていたし、これ以上我慢していたらどんどん悪くなりそうだった。母の再婚に関係なく、辞める潮時だったのかもしれない。

会社を辞めたら朝起きられるようになるだろう、と思ったが、夜の睡眠は相変わらず浅い。昼間の方がよく眠れる。

どういうことだろう。夜型人間になってしまったのか、それとも元々そうだったのか。

あるいは、とりあえず家でゴロゴロしていたせいか。

やはり働かないと。身体もなまるし、どっちにしろあまりじっとしていられないタイプなのだ。それに、蓄えが充分にあるわけでもないし。

バイトを探すためにネットを見ていた時、ふと思い出した。

一年くらい前、大学の先輩である綿貫《わたぬき》から、

「ダイニングバーを地元で開くから、手伝いに来ない？」

と誘われたのだ。

なぜ俺に？　と当時は驚いた。とてもいい先輩で、卒業してからもよく会っていた人だったが、他の後輩や仲間の中には、泰隆よりもそういう店に向いていそうな人がいると思ったから。

理由を訊いたら、

「イケメン店員を探してて」

と言われて、複雑な気分になった記憶がある。

その時はまだ会社を辞める気がなかったので断ったが、今その店はどうなったのだろうか。開店と同時期に結婚したので、たまにノロケメールは来るけれど。

久々に電話をかけてみた。

「おおぅ、ごぶさたー」

いつもと変わらない元気な声が聞こえる。

「どうした？　店手伝う気になった？」

そう言われてびっくりした。

「お久しぶりです。人手、ないんですか……？」

「いやー、バイトの子はいるけど、嫁さんに――」

「何かあったんですか？」

まさかもう逃げられたとか……？

「――子供ができたんで、休ませたいなー、と思ってて」

「あ、そうなんですか！　おめでとうございます」

「ありがとう」

うれしそうな笑い声が聞こえる。

「それで、一人雇いたいところだったんだ。そんなタイミングでお前から電話だったから、手伝ってくれるのかなって」

「手伝ってもいいですよ」

「えっ、ほんと⁉」

「はい。俺、会社辞めたんです」

ちょっとだけ沈黙が流れた。

「辞めたの？」

「はい」

「あそこを？　あの――」

綿貫は、誰でも知っている有名企業の名を言う。そこが、この間まで自分が勤めていた会社だ。

「どうして？」

どう答えようか。

以前の自分――「優等生」の目黒泰隆ならば、微妙な言い回しで深く突っ込まれないような予防線を張るだろう。決して本音は明かさない。

でも、会社を辞めた時、一つ誓ったことがあった。こういうごまかしはもうしない、ということだ。一定の線引きは円滑《えんかつ》な会話に役立つが、それ以上でもそれ以下でもない。

そこから逸脱したかった。

だがちゃんと話そうとすると、あまりにも複雑というか——聞かされた方も「めんどくさい」と感じそうなくらい、「話せば長い話」になるはずだ。

今ここで、それを話すべきか？

「あの……」

そもそも頭の中がまったく整理されていないと気づく。どこから話せばいいんだ？ 親の離婚からか？

迷った末に口から出たのは、

「……いや、朝起きられなくなったんで」

ごまかしではないが、ものすごく端折《はしょ》ってしまった。

「えっ、朝弱かったんだっけ？」

「そうじゃないんですけど、いわゆる不眠症って奴で」

「病院に行ったの？」

「行きました」

「そうなんだー。お前でもそんなふうになるなんて……」

今までの印象では、「ストレスに強い奴」と思われていたのだろう。

「いろいろありまして……」

まだまだまとまらないので、追々話していければいいな、と考える。

「そうかー。うちは給料そんなに出せないけど、ゆるいところだから、のんびりと働いてくれ。明日にでも店に来てよ」

のんびりと働く、というのは、今のこの不景気の中で可能なんだろうか、と思ったり思わなかったり——。


次の日、さっそく綿貫の店へ行く。

店の名前は、〝こむぎ〟。たたずまいはバーというよりカフェだった。お茶とケーキが売りみたいな。アメリカ南部によくある家のミニチュアといった明るい雰囲気だった。

午後遅くなので、入り口にはロールカーテンが降ろされ、閉店の表示がされている。

恐る恐る中に入ると、テーブルに座っていた綿貫が立ち上がった。

「おお、久しぶり～、よく来たな！」

大柄で熊のようにがっしりとした綿貫には本当に似合わない外装だったが、中は暗くしてあり、ちょっとレトロで煤《すす》けた木製のインテリアが今度はアメリカ西部の寂《さび》れた酒場のような雰囲気を醸《かも》し出していた。

ヒゲを生やした綿貫がカウンターの中に立てば、映画のワンシーンのように見えるかもしれない。流れているラジオは、ＡＭだったけれども。

「お久しぶりです」

「まあまあ、座って。ビール飲む？」

「はい、いただきます」

いそいそと瓶ビールを出してくれる。軽く乾杯をして、直《じか》飲みをする。

「いやあ〜、一年ぶりだな。結婚式の時はありがとうな」

「いえいえ。あの時は楽しかったです」

本当に楽しかったので、いつもよりも飲み過ぎて、次の日大変だった。

「顔色はそんなに悪くないけど、少しやせたな」

「会社辞めてから、寝不足は解消しつつあります」

「眠剤飲んでるの？」

「いや、今は使わなくても寝られます。けど、完全に夜型になっちゃって」

朝起きようとすると、まず「会社に行かなくちゃ」と思うクセがなかなか抜けない。

「なんだかかわいい店ですね。千秋《ちあき》さんの好みですか？」

千秋というのが綿貫の妻の名だ。彼女も大学の先輩で、綿貫には後輩に当たる。

「いや、違う」

「じゃあ、綿貫さんの意向で？　〝こむぎ〟って店名も？」

「いや、ここの元々の店主がつけたんだよ」

「居抜きなんですか？」

綿貫は首を振る。

「どういうこと……？」

「俺の店は夕方五時から朝の五時までなんだけど、朝の六時から午後二時まで別の店になるんだ。そっちの方が先に店を始めたから、そのまま——間借りみたいな感じ？　で飲み屋を始めたってことなんだよ」

「あー、ありますね、そういう形態で営業してるお店」

うちの近所にも、昼間はカラオケ喫茶で夜はスナックという店がある。

「でも、何で突然バーをやろうと思ったんですか？」

その質問に、彼は少しだけ考えた。

「うーん、ここは元々俺の伯母《おば》の持ち物なんだよね。元は駄菓子屋で。伯母ちゃんから『夜あいてるからやらない？』って言われてね。夜なら飲み屋かなあ、と思って」

そう言って、ニカッと笑った。

「……それだけですか？」

「そう。それだけ」

「千秋さんは何て言ってたんですか？」

「あいつも食べ物屋やりたがってたから。いきなりの話で、あわててたけどな」

「でも、会社辞めて始めたんですよね？」

彼もかなりいいところに勤めていたはず。

「親戚に商売人が多くて、失敗してるとこも成功してるとこも見てるから、できそうだと思わないと会社を辞めてまではしないよ。けどまあ、辞める口実には使ったかも、とは思ってるんだけどなー」

このいいかげんに見えて妙に憎めない綿貫の雰囲気が、泰隆は昔からちょっとうらやましかった。おそらく天然だろうから、余計に。

彼のように自然に本来の自分を出すことができるのか、と思うと少し不安になるのだが、それは考えてもキリがない。仕事をちゃんとしていれば、その間は考えないですむだろう。

「で、調子はどうなんですか？」

「おかげさまでけっこう繁盛してる。地元で友だちがたくさんいるし、伯母ちゃんの駄菓子屋の常連の子たちもいるからな。けど、朝の店には負けるよ。あれはかなわないね」

「そんなにすごいんですか？」

「だって、店長はぶたぶたさんだよ！」

「……はあ」

綿貫はだいぶ意気込んでいるが、泰隆は何を言っているのかわからなくて、返事がまぬけになる。

「えっ、それだけ!?　他の反応はなし!?」

「……何でしょう？」

「ぶたぶたさんだよ、ぶたぶたさん！　あ、あの山崎《やまざき》ぶたぶたさん！」

「あの」と言われても……何だ、この温度差は。

「えっと……」

「会ったことあるだろ？」

そうだったかな……。あまり憶《おぼ》えがないのだが。

「忘れてる⁉　まさか⁉」

そんなに驚かなくてもいいんじゃないか。

「あっ！」

合点がいったようにポン！　と手を打つ。

「そういえば、前に会った時もあまりびっくりしてなかったな。さすがクールな完璧くんだ。お前ならそういうことあるかも！」

何だか勝手に結論を出しているような。

「俺は『クールな完璧くん』じゃないですよ」

誰かがそんなふうに言っているのを聞いたことがあったが、今こそ否定する時だ。

「女子の夢を壊すなよ」

そんな残念そうな顔をされても困る。元々そういう顔に弱かったからこその仮面だったのだから。

女の子の夢はともかく、「山崎ぶたぶた」という名には憶えがなかった。名字はともかく、珍しい名前だ。芸名？　ペンネーム？

「その人が昼間の店をやってるんですね？」

「ていうか、朝の店ね。朝食専門のカフェだから」

「へーっ！」

面白い。喫茶店のモーニングみたいなものなのか、それともホテルの朝食みたいなのか。まさか、和食⁉　この内装で？

気になる。

「どんなものが食べられるんですか？」

「いられるなら朝までここにいて、食べていけばいいんじゃない？」

「何いきなりこき使おうとしてるの？」

スーパーのビニール袋を抱えた細身で長身の美人が入ってきた。綿貫の妻、千秋だ。

「別にこき使おうとしてないよ。『いられるなら』って言ったんだ。お客さんとしてでもいいんだから――」

「そんなこと言ったって、絶対目黒くんなら手伝うって思ってるんだよ。ねー？」

昔ならば朝まで手伝っただろうが、ここで少しは前と違うところを見せておかないとっ。

「今日は、朝まではちょっと……」

「ほら、ごらん」

「えーっ、そりゃ図々《ずうずう》しいとはわかってるけど、嫁さんの手伝いくらい、ちょびっとでいいからやってくれないかな……。今後の打ち合わせっていうか——もちろん時給は出すよ！」

けっこう必死な様子につい笑ってしまう。

「——わかりました。ちょっとだけ手伝いますよ」

「ありがとう、目黒！」

「目黒くん、相変わらず人がいいわね」

千秋に言われて我に返るが、いや、これからは積極的に路線変えするつもりでいる。できるはず。

なのに、なんだかんだで始発が動く頃、泰隆は店を出た。

自転車で来たので、実は何時でも帰れたのだが、それが災いしたかもしれない。自転車で来られる距離なのはありがたいのだけれど。

もう少し待てば朝食カフェの店長が来る、と言われて少し心が動いたが、

「さっきから何度引き止めてるの！」

と叱る千秋の剣幕にも押されて、店を辞した。

初夏の朝の空気は清々《すがすが》しく、ひんやりしていた。湿気があまりないさわやかさを、存分に味わう。空はもう明るくなっている。

眠気もないし、いろいろつまんだのでお腹も適度にふくれている。このまましばらく起きていられそうだが、もう無理をする必要はないのだ。

何だか「今までやらなかったことをやろう」という意気込みがあふれてくるのを感じた。バイトが決まったり、朝起きなくてはならないというストレスが消えたことだけのせいではあるまい。ずっと平気だと思っていたのは、気のせいだったのか。

今までもストレスがあったのかもしれないが、それに悩むヒマなどなかったように思

う。ヒマが怖かったのかもしれない。だから忙しくしていたのかも……いや、多分そうだ。いやなことを考えて頭をいっぱいにするくらいなら、何か他のことに気を取られている方がいい。

でも、これからはその必要はないのだ。

そこには一抹の恐れはあり、それに向きあうことはしんどそうではあるものの、何かが始まる予感もあった。

とりあえず、今は家に帰って寝よう。バイトは結局あさっての夕方からになったから、明日は家の用事を片づけよう。

ひと気のない道を自転車を押して歩き始めてまもなく、角から出てきた一人の若い女性とすれ違った。長い髪を垂らし、化粧っけのない顔がチラチラ見えた。

こんな時間だから、ウォーキングかもしれないが、長めのワンピースにぶ厚いカーディガン、ミュールという服装からしておそらく違う。朝帰りか、コンビニで買い物か――ちょっと振り向いて目で追うと、彼女は〝こむぎ〟の前にピタリと立ち止まった。

店の前にはベンチが置いてある。飾りなのかもしれないが、まさか行列のため？　人気があると綿貫は言っていたが、早朝から行列ができるくらいなのか？

女性は、そこに座った。そして、肩から下げたバッグの中から本を取り出し、読み始めた。ベンチの上にはまだ街灯がついている。

やはり開店を待っているのだろうか。あそこの朝食はそんなにおいしいのか？

一瞬食べていこうと思ったが、引き返すのはめんどくさい。

若い女性だったが、携帯電話ではなく真っ先に本を取り出したのが気になった。本にはきれいなカバーがかけてある。

泰隆も会社を辞めてからは、空き時間にケータイより本を出す方が多くなった。

小学生の頃、ゲーム機もソフトもめったに買ってもらえなかったので、もっぱら学校の図書館で本を借りて読んでいた。ゲームソフトは一度終わってしまうとそのままだったが、好きな本は何度も何度も読み直した。

でも、そのことを友だちと話しあったりしたことはなかった。何人かいた彼女とも、本の話などしたことがない。

あんなにきれいなカバーを大切に本にかけている女の子は、身近に一人もいなかった。

足を止めて、もう一度振り返る。もうずいぶん遠くなってしまったが、女性はまだ見えた。本を片手に持ちながら、横を向いていた。なぜかうなずきながら。

隣に何かいる気配はないのだが――。

電話かな？　もう本を読むのをやめてしまったんだろうか……。

何だか妙にガッカリしてしまった泰隆は、自転車にまたがる。もう一度振り返りたい誘惑を振り払って、ペダルを漕ぎだした。

2

家に帰って、ケータイを見ると、母からメールが届いていた。

旅行を満喫しています。初めての海外旅行なので、何にでも大興奮だよ！

絵文字をたくさん使った華やいでいる文面を見るのは、初めてかもしれない。本当に再婚してよかった。

惣田からも、写真つきのが届いていた。母の笑顔は本当に幸せそうだった。思わず顔もほころぶ。

返事を出す時、少し悩んだ。惣田にバイトを始める、と伝えるかどうか。

けれど、彼にはそのうち会社を辞めることは言ったが、辞めたことはまだ言っていなかった。知らせて母に嘘をつくようなことになったら、せっかくの旅行が台無しになってしまう。

やはり無難な返事にしておこう。

母から送られた写真をパソコンに取り込みながら、帰ってきて息子が退職したことを知ったら、やっぱりがっかりするだろうか――などと考える。

少し気が重くなったが、いつかは言わなくてはならない。自分で決めたことだし――。

それとも、ずっと言わないでおく、というのはありだろうか？

でもそれは、ある意味今までと同じことだ。何のために会社を辞めたのかわからなくなってしまう。

とりあえず今は猶予《ゆうよ》時間だ。二人が旅行から帰ってきたら、なるべく早めに打ち明けなくては。


バイト初日は、四時に〝こむぎ〟へ入った。

綿貫と千秋がすでに店にいたが、彼女は今日は手伝いのみで早い時間に家へ帰るという。

「えっ、てことは――」

「そう。お前が厨房担当」

この間は千秋の手伝いをやり、レシピも手渡されたが、

「ええー、俺は素人ですよ」

「昔、お前がバイトしてた居酒屋によく行ってたけど、料理うまかったし、手際がすごくいいってマスターも言ってたよ」

ほめ上手で気前のいい店主だったが、「こき使われる」という言葉を実感したバイトでもあった……。

「小学生の時から家の食事を作ってましたからね」

「そうなの!?」

こんなことも言っていなかったっけ。何とごまかしていたんだろう。自分で言ったことなのに、忘れている。

「すげー、プロとしてやってけんじゃない!?」

「無理ですよ」

料理は必要だったからやっただけで、好きとかいうものではない。うまいものが食べたければ、自分で作るしかなかったのだ。小さい頃から母の手順をよく見ていたのが役に立った。

「凝った料理はできないし」

「うちのレシピにそんな凝ったものはないぞ」

手早く作って出すのも売りの一つ、と千秋は言っていた。あと、女性客が多いから盛りつけはきれいにとも。それらはけっこうバイトできたえられている。腕がなまっていなければ――。

「肝心なのは、うまいってことだからな！」

「あ、ありがとうございます……。綿貫さんも上手だって、千秋さん言ってましたよ」

「でも、俺は基本バーテンだからなあ。手伝いはちゃんとやるよ！」

開店してから客の様子を見ていると、やっぱり彼と話したくてやってくる人が多いようだった。

一人で静かに飲みたい人にはむやみに話しかけたりしないし、一見《いちげん》の客や女性にも警戒されない。そこら辺の空気の読み方が抜群にうまいのだ。

元々酒席を盛り上げたり、幹事をやったりするのが得意な人だったが、それは「酒」そのものが好きだかららしい。好きが高じて学校へ行ったり、老舗《しにせ》のバーでちゃんと修業したというから驚きだ。

飲み過ぎの客のあしらいも手馴れている。体格がいいから、ちょっと凄んだだけでも威圧感があるし、怒らせない愛嬌もある。

開店して一年で、いい常連に恵まれ楽しく仕事をしていることがわかる。儲かっているかはまた別にして。

泰隆も、常連客たちに紹介してもらった。ほとんどが近所の人たちだ。綿貫の友だちも多いので、気さくに会話できる。しかしその分、意見は辛いかも……。

だが、料理は概《おおむ》ね好評だった。千秋のレシピが優秀なこともあるが、好きにアレンジしてもいい、と言われている。新メニューへの要望にも、どんどん応えていいらしい。

こっちが基本素人ということを忘れられている気がしないでもないが。

千秋が帰ってから、多少まごつくこともあったが、大きな失敗もなくバイト一日目は終わろうとしていた。

四時過ぎに裏口が突然開いたので、泰隆はあわててそっちを見る。

さっき食材の配達があったから、何か忘れ物か、あるいはまた別の届け物かと思ったが、誰もいない。夜風がすうっと入ってくるのみだ。

「あ、おはようございますー」

足元から声がした。目を向けると、バレーボール大くらいの煤けた桜色のぶたのぬいぐるみがあった。というか、いた。ちゃんと立っていた。

こっちを黒ビーズの点目で見上げている。

少しだけ見つめ合うと、そのぬいぐるみは自分で裏口のドアを閉めた。手足の先には濃いピンク色の布が貼ってあり、しっぽは結ばれ、右耳の先がそっくり返っている、そんな愛らしいぬいぐるみが自力で動いた。

……寝ぼけたかな？

「あ、新しく入った綿貫さんの後輩さんですね。お久しぶりです」

中年男性の声がそんなことを言う。どう聞いても人間の声だが……そこにいるのはぬいぐるみ。

しかも何？　久しぶり⁉　久しぶりなの、このぬいぐるみと俺は⁉

「あ、ぶたぶたさん！　おはようございます！」

綿貫がカウンターの上から厨房をのぞきこんで、急いで入ってきた。

「こいつ、大学の後輩で、目黒泰隆っていいます。今日からお世話になります。ほら、山崎ぶたぶたさん。一度会っただろ？」

いや、まったく憶えがない。確かに一度会ったら絶対、絶対に憶えているだろうが――だからこそ会っていないと断言できる。

なのに、どうして二人とも「会っている」なんて言っているのだろう。もしかして……ドッキリか⁉

こういう場合、どういう反応をしたらいいのか。ドッキリだとしても主旨がよくわからない。あれは――出オチではないか！

「あーそうそう、前もそんな感じだったなー」

だから憶えてない！

「こいつはやっぱり大物だなあ、と思ったもんだよ」

――何かあったんだろうか、その時の俺……。

「まあ、ちょっとだけ厨房が重なる時間があるから、適当に折り合って使って。よろしくね」

そう言って、綿貫はカウンター内に戻った。ああ、真相をたずねるヒマがなかった……。どうしたらいいんだ？

「すみませんね。お邪魔でしょうが、よろしくお願いします」

下から再び声が聞こえて、飛び上がりそうになる。いや、厨房は狭いがかなり機能的に作られているので——このぬいぐるみだったら、全然邪魔じゃないけど！

「は、はい……」

ぶたぶた（と呼ばれたぬいぐるみ）は、調理台の側面についた取っ手などをよじ登って、台の上に乗った。

何だか不必要な出っ張りがたまにあるのが気になっていたのだが、こういうことだったのか！

と、思わず感心してしまう。

しかし、しばらく厨房が重なるって綿貫は言っていたが——それはもしかして、これから始まる朝食カフェの準備ということか？

人間が入ってきたのなら、すぐにそう思ったことだろう。何の疑いもなく。だがぬいぐるみなので、少し段階を踏まねばならなかった。

そういえば、「山崎ぶたぶた」が朝食カフェの店長だと聞いていたのだったっけ。やっと思い出した。

しかし、それはさらに「何をやるんだろう」という疑惑を深めただけだった。

朝食カフェについては、深く訊いていない。今日は綿貫にすすめられたように、食べて帰ろうと思っていた。この内装なので、全部和食というのはないだろう、ということで——やはり、パン。まさか、ここで焼く？

パン生地をあの身体でこねるのだろうか……。どっちが生地かわからなくなる……柔らかそう……ドゥーボーイ……。

調理台の上にはダンボール箱が二つあった。その一つにぶたぶたが近づき、開けると——なんと中身はパン。

「焼くんじゃないんだ……」

独り言のつもりだったが、聞こえたらしい。つぶらな点目でこっちを向いて、首を傾《かし》げた。激しく愛らしいのだが。

「ああっ、トーストじゃなくてね！」

小さな点目が広がったように感じて、ちょっとビビる。

「トーストはしますけど、ここにはパン焼き用のオーブンはないですからね」

へー――って、あったら焼くのか⁉

ぶたぶたはパンの数を確認するように手を動かし、今度はもう一つのダンボールを開ける。そちらには野菜やチーズなどが入っていた。

パンの箱を開けた時にホワッといい匂いがして、お腹が空いてきた。さっきまでそんなこと感じていなかったのに。

「あ、ごめんなさい、気を散らさせて。お仕事続けてください」

丁寧にそんなことを言われてしまった。腹が鳴ったりしたかな？　恥ずかしい。

「わ、わかりました……」

もう料理のオーダーもストップして、あとは洗い物くらいなので、それをしながらチラチラとぶたぶたがやっていることを見る。

もう台に乗っていなかった。ダンボールから食材を隣の調理台に移し、巨大なまな板を棚から取って置いた。そして、謎の出っ張りの上に立って、パンや野菜を切っている。

すごく速い。リズムも心地よい。ぬいぐるみじゃなくて機械かと思うくらい、あっという間に千切り野菜の山ができる。パン切りナイフの切れ味も素晴らしい。食パンの薄切りはサンドイッチにするのだろうか。

パンをカゴにきれいに並べ、布をかけたあと、今度は大きなボウルに何やらいろいろ入れ始めた。白い粉を二種類、玉子と牛乳と固形の……バター？

それらとあと何かの粉をちょっと混ぜて、ヘラみたいなものでガシガシかき混ぜている。もう身体は真っ白だ。叩いたら、絶対煙《けむ》がたつくらい。

パンは焼かないけれど、〝こむぎ〟の名前どおり、粉物の何かを作っているらしい。でも、パンじゃないのなら何だ？　ケーキ？　ケーキを朝ごはん？

「目黒、お客さま送り出して」

綿貫に声をかけられて我に返る。ぼんやりとながめていたが、かろうじて洗い物は終わっていた。

夜の部最後の客を二人で送り出す。外はもう明るくなっていた。

「どうだー、ぶたぶたさんは？　久しぶりだとびっくりするだろう？」

なぜか綿貫は自慢げだ。

し。

「あー、そうですね、びっくりしました」

自分でも棒読みに聞こえる。どう答えればいいのだ。どうもドッキリではなさそうだ

「でも、声でわかるとおり、おっさんなんだよ。それって言ったっけ？」

無言で首を振る。声も出ない。おっさんなのか……。

今の自分の心の中は、かつてないほどに動揺している。

「ぶたぶたさんのかわいらしさについてゆっくり語り合いたいが、朝食のテーブルの支度をしないといけないんだ。手伝って」

「は、はい」

バーの片づけをしながら、いろいろ考える。

自分とあのぬいぐるみには、どの程度の邂逅《かいこう》があったのだろうか。綿貫かあの……ぶたぶたに訊くには「憶えていない」ということを白状しなければならない。

いっそぶっちゃけてしまった方が不都合ないのだろうが……どう言ったらいいのかわからないのだ。今までの自分なら、話をどう切り出すかとか、どっちの方向へ持っていこうとか、そういうシミュレーションができたのだが、今の自分として話をしようとす

ると、言葉がうまく出てこない。口ごもるなんてこと、経験がなかった。口が上手いとは言われても、そんなことは――。

「わっ！」

思わず手を止めて、小さく叫んだ。綿貫がカーテンを勢いよく開けたのだ。

それだけで、店の雰囲気が一変した。

これがつまり、〝こむぎ〟という店なのか――。

一部は小さな両開きの出窓なので、それも開け放つ。窓辺には花が飾られた。

朝の陽射しに、白と青に統一されたインテリアが引き立つ。テーブルに手製らしきランチョンマットと小さな一輪挿しを置くと、まるでそこは素朴な田舎家の台所だ。外では鶏が鳴いていそう。

カウンターの酒のボトルは片づけられ、パンや果物のカゴ、コーヒーや紅茶のサーバー、ジュース用のスクィーザー、各種調味料などが並べられる。

昨夜《ゆうべ》から寝ていないのが残念に思えた。早起きして、こんなところで朝食を食べたら、さぞいい気分だろう。調子に乗って食べ過ぎてしまいそうだけど。

突然、鼻がいい匂いを感知した。グーッと腹が鳴る。

その時、厨房の奥から声が。

「焼けたよー」

この香ばしい匂いは、いったい何？　何が焼けたの？

「うわーっ、ありがとう、ぶたぶたさん！」

綿貫がいそいそと厨房に入っていく。

「目黒、早く早く！」

呼ばれてあわてて行ってみると、厨房の奥には小さなテーブル？　のようなものが置かれ、その上にオーブンの鉄板が載っていた。

「目黒さんもどうぞ。焼きたてで熱いですけど」

何やらふくらんで歪んだ立方体がきれいな小麦色に焼けている。綿貫がその一つをつまみ、ハフハフ言いながらかぶりついていた。

「食べてみろ、うまいぞ〜」

と言っているらしいが、ほとんど日本語に聞こえない。

「いいんですか？」

「冷めないうちにどうぞ」

ダメと言われても、このよい香りには逆らえそうにない。アチアチ言いながら四角い物体を割ると、バターとミルクの香りが漂う。

サクサクな表面に柔らかな空気を含んだ生地——小麦粉の甘さがじんわりと伝わってくる。粉自体の味までわかるように感じた。

どんどん食べたいけれど、熱くてもどかしい。綿貫はもう二つ目に手を伸ばしているというのに！

「これは何なんですか？」

「ビスケットです。ケンタッキーフライドチキンのと似たようなものだね」

ああ、あれか！　何だか憶えのある味だと思った。

「あれよりずっとうまい！」

綿貫が断言する。焼きたてのアツアツだから？

「ぶたぶたさんが愛をこめて作ってくれるから！」

「……もしかして、さっき混ぜていた粉で、これを作ったんですか？」

「そうですよ」

さっき混ぜていたものが、もうこんなおいしいものに！　魔法の粉じゃないのか……？

「簡単ですからね、これは。だからこそ朝食に食べられる」

こともなげに言う横顔――鼻の先がもくもく動く。自慢げではなく、当然という顔だった。

「今日は何つけるの？」

「アップルバターと黒糖バターにしてみたよ」

何それ。両方聞いたことない。

ぶたぶたは、タッパーの中から薄茶色のホイップ状のものと、ペースト状のものを皿に盛った。

「本物のアップルバターとホイップバターを混ぜたものと、黒糖と無塩バターを混ぜたもの。両方混ぜただけなんだけどね」

「いただきまーす」

遠慮のない綿貫は、二つに割ったビスケットに両方をたっぷり塗り、交互に食べだした。

「うわーっ、甲乙つけがたい！　しかも、両方超太りそう！　ぶたぶたさん、自分が太らないからって何作ってもいいってことじゃないんだよっ」

何だか怒ったような声で言うが、その割には口のモグモグが止まらない。

泰隆も迷った末に、まずはアップルバターを塗ってみた。バターの味の中に、ほんのりとした甘みとリンゴの香りがする。ビスケットの味を殺さない絶妙なバランスだ。

「本物のアップルバターより、こっちの方が好評だったから、今日も持ってきた」

「本物のアップルバターって何ですか？」

「リンゴを煮詰めてペースト状にしたものですよ。バターは本当は入ってないの。アメリカなんかでは、そっちをつけて食べるらしいけど、日本のリンゴだとどうもピンと来なくてね」

その本物もつけてみたいと思ったが、今はまず黒糖バターだ。

「……なんか、ケーキ？　クッキー？　みたいですね！」

甘みがアップルバターより強くて、でも香ばしくて、サクサクの生地に溶けるとホロホロの食感になる。黒糖の舌触りが残っているのがすごくいい。

お菓子っぽくて、しかも初めて食べたのに、なぜかなつかしい。

こんなのを朝食べたら、テンション上がる！

「お前、なんか幸せそうな顔してるなあ」

綿貫のあきれたような声にハッとなる。

「だって、おいしいじゃないですか！」

ポロッと言葉がこぼれ落ちる。

「わー、それはうれしい！　ありがとうございます！」

ぶたぶたの歓声に、何だか恥ずかしいというか——顔が赤くなるような気がした。

「朝食、食べていってくださいね」

「あっ、はい」

ほぼ反射的に返事をする。

「おおー、食べてけ食べてけ。俺がおごってやる。一度ぶたぶたさんの朝食を味わわないとな」

「綿貫さんも？」

「いや、俺はもう帰らなきゃ。千秋から『食べすぎ！』って制限出てるんだ」

こんな朝食では我慢できない気持ちもよくわかる。

「ていうことで、この朝食券の最後の一枚をお前にあげる」

そう言って、綿貫は子供の手描きのような回数券を泰隆の手に握らして帰っていった。

「おはようございますー」

入れ替わりのようにやってきたのは、母くらいの年齢のふくよかな女性だった。

「あ、パートの帰村麻子《きむらあさこ》さん。夜のに新しく入った目黒さん」

ぶたぶたの紹介に、彼女は太陽にも負けないくらい明るく笑った。

「朝から働くアサコです。字は違うけど。どうぞよろしくー。まあまあ、イケメンさんが入ったねー！」

……本気で言っているのか、ちょっと困ったりして。


「じゃあ、座っててちょっと待っててくださいね。もうすぐ開店ですから」

焼きたてビスケットを素早く二個食べ、エプロンをつけた麻子（制服はないらしい）が、席に案内してくれる。ぶたぶたは厨房にこもってしまった。

「あっ、いや、手伝いますよ」

何してるか見てみたい……。

「いいのいいの、あとは盛りつけだし。本当に忙しいのは開いてからだけど、そっちは手伝ってもらうわけにはいかないから、ゆっくりしてて」

おばあちゃんちに来た孫のように座らされる。仕方なく、テーブルに置かれたメニューを開く。

「うわ、豊富だな……」

全部食べるわけでもないのに「こんなに食べられない」と思う。

「何かおすすめ、ありますか？」

すると、麻子が得意げに言い放つ。

「うちはパンケーキが売りです！」

パンケーキ！

あわててメニューに目を戻す。パンケーキの朝食なんて——ファミレスで食べたことがあったようなないような……。

ビスケットももちろんある。

「あと、フレンチトーストもおすすめです。普通のトーストもありますよ」

「フレンチトースト……」

「甘いもの好きな方がお好みです」

それもなんだかうまそう……。甘いものもけっこう好きなのだ。

ああ、さっきビスケットを食べたばかりなのに、どんどん腹が減ってくる。

「メインの炭水化物を選んで――」

その言い方はものすごくわかりやすい。

「サラダとかフルーツとか生野菜、玉子やハムとかのタンパク質、スープや飲み物の四種類から好きな組み合わせを選んでください。日替わりもありますし、もちろん一種類だけでもいいのよ。スープだけサッと飲んで行っちゃう人もいるし、テイクアウトもできるから」

四種類の値段は固定なので、計算もしやすく、回転も速いという。

真ん中の大テーブルには、スープの鍋や各種サラダが並べられていた。カウンターに置いてあったパンのカゴもいつの間にか移動している。

「ここはお一人様用のテーブルで、急いでる人はセルフサービスで取ってもらうの」

ちょっとしたバイキングだ。しかし今日はできあいのパンではなく、できたてをいただく。

ところで、一つ問題があった。

「パンケーキとホットケーキって、どう違うんですか？」

ホットケーキなら、昔よく母が作ってくれた。パッケージどおりにならなくても、一緒に作って泰隆が焦がしてしまっても、どれもみんなおいしかった。最近は母も自分も全然作らない。子供のおやつという印象だ。

そのホットケーキとパンケーキに大きな違いはなく、むしろ言い方が違うだけかと思っていた。だが、このメニューでは別になっている（早朝はホットケーキは頼めないらしい）。

「簡単に言えば、ホットケーキは甘くて、パンケーキは甘くないんです」

麻子は慣れた感じで簡潔に説明する。何度も訊かれているのだろう。

「『ケーキ』と『パン』ってことですか？」

「そう。ホットケーキは基本おやつだけど、パンケーキは主食にもなります。野菜やハムなんかをはさんだりもするよ」

そういうサンドイッチみたいなパンケーキを食べた記憶はなかった。

「お食事パンケーキ、食べたことない？」

「そうですね、多分。はさんで食べてみようかな……。それとも、おすすめの組み合わせ、ありますか？」

「あたしのおすすめは、プレーンパンケーキと目玉焼きと自家製ソーセージ。野菜たっぷりスープ」

きっぱりと麻子は言う。うーん、ハム野菜サンドも気になるが、「プレーンパンケーキ」という響きに惹かれてやまない。

「プレーンパンケーキは、はちみつとかかけて食べるんですか？」

「バターだけで食べる人もいるけど、たいていははちみつかメープルシロップ。うちは黒蜜もあるよ」

「おすすめは？」

「メープルシロップたっぷり」

「じゃあ、それください」

にんまりな笑顔に期待が高まる。

「玉子の焼き方は？」

さらにステーキみたいなことを！

「わがまま言ってもいいんですか？」

「ぶたぶたさんは何でも作ってくれるよ。たいていのものはね」

すごい。朝からこんなこと言われたら、誰でも元気出るだろう。

「半熟でお願いします。トロトロじゃなくて、固まる寸前みたいなの」

「わかりました！　スープは自分でよそってください！」

大ぶりのマグカップに、好きなだけよそえる。熱いスープは寒い時期ありがたいだろう。もっと暑い時期には、ガスパチョなども出すという。

スープには、いろいろな野菜が入っていた。余り野菜も入れるので、毎日中身が変わるそうだ。シンプルな塩味に胡椒《こしょう》が効いている。

ぶたぶたと麻子は忙しく開店準備をしていた。黙って座っているのが心苦しくて、ぶたぶたにも手伝いを申し出たが、

「もう開店時間ですから、お客さんですよ」

と言われた。

すぐに客が入ってくる。トレーニングウェアの若い男性だ。

「おはようございます、ぶたぶたさん！」

白い歯が「キラン！」と光るようなさわやかな挨拶が響く。

「あ、いらっしゃいませ～」

厨房からぶたぶたが、背伸びじゃなくて鼻伸びして応えた。ほとんど鼻と耳の先しか見えない。

同年代らしきその男性は、すでに座っている泰隆を見て驚いたような顔をした。しかし、すぐにちょっと会釈をして、大テーブルに着く。

「はい、お待ちどうさま。半熟目玉にソーセージ、プレーンパンケーキです～」

つやつやの目玉焼きと無骨なソーセージ、そしてきれいなきつね色に焼けたパンケーキが出てきた。薄くて小さめだが、ほんわりふっくらなのが三枚だ。

食べ方はホットケーキと同じでいいはず。でも、作法ってそもそもあるんだろうか。自分の食べ方が正式か邪道かの判断はつけられないが、こういうふうに食べないと何となく落ち着かない、という食べ方ならある。

まずはバターを一番上のパンケーキに薄く塗り、さらにバターを二等分して、パンケーキの間にはさみこむ。温めたバターを裏表にむりやり塗り広げる。

それから、おもむろに八等分して、切り口の隙間にも流れ落ちるようにメープルシロップをたっぷりとかける。

そして、やっと一口。

サクッとした歯ごたえ。バターの香りが広がる。メープルシロップはサラサラで甘さ控えめな分、たくさんかけてもしつこくならない。

でもやっぱり、バターやシロップでごまかされない小麦の味がちゃんとわかるのだ。

そんなものを意識したことなど、生まれて初めてだった。

うっとりと食べている時、じゅうじゅうとした音にハッとなる。

何？　まさか、朝からほんとにステーキ？

顔を上げてキョロキョロ見回す。いつの間にか店は半分くらい埋まっているではないか。スーツ姿の中年男性、ＯＬ風の女性、学生服の男の子、お年寄りの夫婦などいろいろ——と、さっき会釈をした男性が食べようとしているものがシズル感満点の音を立てている。

「本日のフレンチトーストです。熱いのでお気をつけくださーい」

フレンチトーストが、鉄板で出されている！

あんなフレンチトースト、見たことない！　フレンチトーストってどういうものか、いまいちわかっていないけど！

しかも、何て幸せそうな顔をして食べているんだろう——。

すると泰隆の視線に気づいたのか、彼がこっちに目を向けた。

とたん、腹が立つほどのドヤ顔をされた。あの目は、「勝った！」と言っている。「それ、とっくの昔に食ったぜ」という完全な上から目線だ。

くそぉ、今度は絶対にそれを食べてやる。それどころか、メニューを全制覇する勢いで、泰隆は半熟目玉を貪《むさぼ》り食った。

食後のコーヒーもしっかり飲んだ。あの男性は先に店を出てしまったが、少しだけゆっくりして、意味のない優越感を楽しむ。

「ぶたぶたさん、ごちそうさまでした。すごくおいしかったです」

ぶたぶたがわざわざ厨房から出てきてくれる。割烹着というか給食着のようなものを着て、頭にはバンダナだかハンカチだかを巻いている。鼻に小麦粉がつきまくっているので、はたいて落としてあげたい。

「あ、ありがとうございます。お腹いっぱいになりました？」

「はい」

軽いかと思ったが、甘かった。パンケーキもだが、ソーセージなどずっしりと食べごたえありすぎだ。

綿貫からもらった回数券をぶたぶたの手（？）に載せる。

「また夕方、よろしくお願いします」

今から楽しみだった。


満足して店を出る。ちょっと眠くなってきた。

裏に止めておいた自転車を引いて、表に戻ってくると、おととい――いや、その前の朝に出会った女性とまたすれ違った。

彼女はこちらにはまったく目を向けない。何だか宙を見つめているようで……眠いのだろうか。

そして、やっぱり〝こむぎ〟に入っていった。この間は朝の四時、今は六時過ぎ――今日はまだわかるが、さきおとといは何でだろう。

お水関係？　と思ったが、何だかヨレヨレのジャージのようなものを着ていたな……。

朝食カフェの常連なのか？

今日いた客層は、本当に様々だった。年齢層も性別も偏《かたよ》っていなかったし。朝食専門なんて、駅前や駅中にあるならまた別だろうが、こんな街中では、近所の人が常連にならない限りやっていけそうにない。それをもうつかんでいるらしいからすごい。

でも、ぶたぶたなら、それもありえるかもしれない。もちろん、料理がうまいというのが一番だろうが。

さっきは他のメニューも食べると誓ってみたが、今の自分の食べ方は朝食ではない、と思うと、ちょっとため息が出た。

多分、あの男性は朝のトレーニングのついでに寄っているはず。健康的だ。いや、もちろんこっちだってちゃんと働いたあとの食事なのだから、何も恥じることはないし、いつの時間にどんなものを食べたっていいとはわかっている。わかっているけれども――。

何てことだ。自分が朝起きられない、ということに、こんなにもショックを受けているとは。

何だかちょっと怖くなってきた。

俺、朝起きられるんだろうか。

ぶたぶたが作る朝食を、朝食として食べられる日が来るんだろうか。

起きられるまで食べない、という願掛けが一瞬浮かんだが、そんなの厳しすぎるし、淋しい。

でも食べるたび、心のどこかではきっと、

「朝起きて、食べたい」

と思うに違いないのだ。

3

その日は四時入りの予定だったが、はりきって自転車を飛ばしてきたので、少し早めについた。

〝こむぎ〟が閉まっていたら困るな、と思ったが、もう開いていた。というか、ある意味まだ開いていた。

ぶたぶたが、カウンターでビールを飲んでいる。

ビール！　しかも生をジョッキで。

何だろうか、この人——いや、ぬいぐるみは……。

「こんにちは。綿貫さんが早く来たから、帰る前にちょっと、と思って」

てへへ、という感じで笑った。

この数日で充分慣れたと思ったが、まだまだ甘いらしい。あのビールがどこへ行くのか——謎だ。

ぶたぶたはビールを「プハーッ」と飲み干した。いい飲みっぷりだ。鼻に泡がついている。拭いてあげたい。

「ぶたぶたさん、もう一杯飲む？」

綿貫が厨房から声をかける。

「いや、いいよ。もう二杯飲んでるもの」

二杯！　一杯どころか二杯！　持ちあげたい、絞りたい……。

泰隆のそんな気持ちも知らず、ぶたぶたは「また明朝～」と言いながら、ご機嫌で帰っていった。


いつものように朝まで忙しく働き、ぶたぶたの朝食をしっかり食べる。

今朝は、リコッタチーズの入ったふわふわなパンケーキをいただいた。オムレツのような口当たりで、バナナとよく合う。柔らかくなめらかな生地は、プレーンとはもう別物だった。

それとカリカリベーコン添えスクランブルエッグとごぼうのスライスサラダ。

「硬いもの食べると、目が覚めるよ」

とぶたぶたは言っていたが、家に帰るとすぐ寝てしまう。

綿貫は千秋の妊娠を機にもう一人バイトを雇ったので、自分は週三日ほど出ればよかった。休みがあっても、その時だけ朝起きるわけにはいかないので、ますます夜型生活に向かうしかない。

「こうしよう」と思ってもなかなかうまくいかない、という経験は、あまりなかった。自分の意志が入らない方向へ行くのが楽だったのは、流されていただけだったからだろうか——。

ただ、どう行動するかというのが決まっていないことをあまり苦しいとは感じないのが不思議だった。今までは決まっていないと不安だったし、だからこその努力をしていたのだから。

以前の自分と、今の自分は、どっちが本物なのだろうか。

自分のことがよくわからない、と思ったのも初めてかもしれない。

好きに生きる、というのは、知らない道を迷いながら進むみたいなものなのか。

そういえば、両親が離婚する前は、そういう「迷子ごっこ」が好きだったな、と思い出す。勝手に好きな道を友だちとはしゃいで歩いて、本当に迷って泣いて——あの時の友だちとはもう交流はないけれど、元気にしているだろうか。

次の日、店に出る前に、近所の古本屋へ行った。

バイトにも少し慣れてきたので、休日に睡眠を過剰に取ることもなくなり、時間に余裕ができたので、本を読もうかと思ったのだ。

好きな作家の本は新刊を買うが、「面白そう」と手に取るのはどうしても古本になってしまう。昔からの習慣は抜けない。百円だったら小学生でも買えたから。それに今は、これからどうなるかわからないから、出費を控えねばならない。

本屋や古本屋巡りは、唯一の趣味といってもいいかもしれない。友人たちには言ったことがないし、彼女たちにもつきあわせたことはない。

会社帰りに飲みに行くとかそういうつきあいはしたが、だいたい休日は一人で過ごしていた。彼女がいればその子が出かけたいところへは行くけれど、基本受け身だったから、いつの間にか振られる。

一人で過ごすことは苦ではないので、それでも全然かまわないのだ。今もけっこう
——いや、これまでで一番楽しんでいることは否めない。

そんなことを思いながら、文庫本の棚をながめていると、足先が何かを蹴飛ばした。

下を見ると、ぶたぶたが四つん這いになって倒れていた。

「あ、すみません！」

とっさに座り込んで抱き上げる。

「いえ、こちらこそ——ああ、目黒さん」

ぶたぶたの点目が泰隆を見上げる。つい見つめ合ってしまう。

「気づかなくて——」

「いや、僕もよけなかったので」

お互いに謝り合う。あまり人がいなくてよかった。

「こんなところで会うとは」

下におろしてあげると、ぶたぶたがそう言った。

「そうですね。びっくりしました」

「僕はここによく来るんです」

当然本を買うのだろう——大きさが文庫本と同じくらいなのに。読んでいるところを想像すると笑ってしまいそうだったが、それをおくびにも出さず、質問する。

「本が好きなんですか、ぶたぶたさん？」

何だかワクワクしてきた。

「好きです。もしかして、目黒さんも？」

今まではこう訊かれても曖昧《あいまい》な返事しかしなかったが、今日はずっと答えたかったことが言える。

「はい。好きです。本読むのが趣味ですよ」

こう答えると、本を読まない人とは話が広がらないし、本好きなら好きなほど、こう訊かれて、好みを探られるようで落ち着かなかった。

「ぶたぶたさんはどんな本が好きなんですか？」

そういう余計な気回しをしなくてもいいので、自分からたずねてみる。

「何でも読みます。ミステリーとかが多いですけど」

「俺もです。どちらかというと海外のが」

「あ、僕も」

ぶたぶたは思い出したように、パタパタとほこりを払った。薄く白いものが舞い上がったようにも見えたが、多分気のせいだろう。

しばらく二人で、古本屋の中をぐるぐる回りながら、「これが面白い」「あれがおすすめ」と本をすすめあった。二人とも読んだ本ならば話が盛り上がり、どちらか読んだことがなければ面白さを熱く語る。面白さのツボが合う時もあれば、まったく違う場合もあり、とても興味深い。

何だろうか、この楽しさは……。

脇から見ていれば、地味なことこの上ないだろうが、その地味さすら面白い。こんなささいなことで楽しめる自分が、何だか誇らしい。

読むのはもちろん楽しいが、本の話をするだけでも面白いというのを、この歳で初めて知った。

いろいろ損をしてきたのだろうか——と一瞬思ったが、別に後悔しているわけではないから、そんなふうに思うのは間違いだ、と思い直す。

「ぶたぶたさんはこの辺に住んでるんですか？」

「そうですよ」

「綿貫さんと同じ、地元ですか？」

ぬいぐるみの地元、というのは何だろう、と考えながら訊いてみた。

「いえ、なんかいろいろ巡ってるうちに、ここに居着いちゃって」

その言い回しは、ちょっと昔の自分を思い出させたが、ぶたぶたは別にごまかしに使っているわけではないと、何となくわかった。直感でしかないけれど。

二人ですすめあった本を買い、店を出た。あとで読むのが楽しみだ。

「まだ時間ありますか？」

「はい、もうちょっと」

古本屋のあとに、新刊書店へ行こうと思っていたから。

「ちょっとお茶でも飲みませんか？」

ぶたぶたから誘われて、驚く。そして、何よりもうれしかった。もっと本や他の話をしたい。

一緒にコーヒーのチェーン店へ入って、泰隆はホットラテ、ぶたぶたは抹茶のフラペチーノを頼む。

ジューッ、とストローですする姿は、真正面から見るとなかなかシュールだ。ちゃんとほっぺたがへこむんだなあ、と感心する。

作るのを見るばかりで、食べているところはまだ見ていない気がする。飲むところを見る限り、想像はつくが、その上を行くぶたぶたのことだから、もしかして——。でも、まさかクリオネみたいにバッカルコーンになったりは……。

怖いことを想像しそうになったので、あわてて振り払う。

「ぶたぶたさんはどうして朝食カフェをやろうと思ったんですか？」

質問をして気持ちを静めよう。

ぶたぶたは固まりかけた抹茶とクリームをかき混ぜながら、答えた。

「最初は普通にカフェをやろうと考えてて、いろいろ候補地を見つけてたんです。その時にこの街の雰囲気がいいなと思って、住み始めて。その時に出会った人に、

『おいしい朝食を食べられるカフェがほしい』

って言われたんです」

「へー」

その人に感謝している人はいっぱいいるだろう。

「最初はただパンケーキの話をしてるだけだったんですけどね」

「パンケーキの話？」

「どこの店がおいしいとか行きたいとか、どういうレシピとか、そういう食いしん坊な話です」

食いしん坊な話、というのがおかしくて、笑ってしまう。

「パンケーキが好きなんですか？」

「パンケーキに限らず、食べることとか料理のことが好きなんです」

ぶたぶたはいったいいくつなんだろう。見た目はかわいくても、絶対に自分よりも年上だ。声や物言いでわかる。でもその見た目が彼に「いくつですか？」と訊く勇気を奪う。

「その人が粉物《こなもの》大好きだったんで、白熱した話になったんです」

「粉物なら何でも好きだったんですか？」

「パンとか、お好み焼きとか、クレープとか、クッキーとか。何でも」

「それでパンケーキを朝食のメニューに？」

「最初は普通のカフェのはずだったんですけど、いつの間にか話がズレていって。

その人、以前は自分でもいろいろ作ってたんですけど、

『最近は忙しいから誰かに作ってもらいたい、特に朝ごはんを！』

って、自分の欲望丸出しのこと言い出してねー」

その言い草に、また笑ってしまう。

「でも、話を聞いてるうちに『あ、これってありかも』って思ったんです。その人もここが地元だから、応援するって言ってくれて」

「そうなんですか」

地元ということは、その人は綿貫とも知り合いなのだろうか。

「店を開いたら、めちゃくちゃ混んだりはしないけど、常連さんがちゃんとついてくれたんで、ほそぼそながらやっていけるようになったんです。でも、丸一日は開けてられないし、家賃がもったいないかなあ、と考えてたら、綿貫さんが話を持ってきて」

「それは聞きました。夜の店の名前って、新しくつけたりしなかったんですね？」

「看板とかを変えたりするのが面倒だったみたいだね」

彼らしい大雑把《おおざっぱ》さだ。

「どういうつてで、綿貫さんと知り合ったんですか？」

「偶然、朝食カフェのアイデアを出してくれた人と綿貫さんが、中学の同級生だったんですよ」

やはりそうなのか。

もっといろいろ話したかったが、そこら辺で時間切れになってしまった。そろそろ店へ行かなければならない。

「また本屋さんとかに行きませんか？」

「いいですね、ぜひ。図書館も新しくて大きなところがありますよ」

「じゃあ、今度案内してください」

駅の方へ向かうぶたぶたに手を振る。

彼はこれから家に帰って寝るそうだが——一人暮らしなんだろうか？

何だか淋しそうな後ろ姿に見えてきた。訊いてみようかな、と口を開きかけた時、

「あ、目黒さん」

振り向いて先に呼ばれる。

「はい？」

「あの……朝、まだ起きられませんか？」

「え？」

そのことをぶたぶたに言ったことがあっただろうか？

「あ、いいです。変なこと訊いてすみません。じゃあ、また」

そう言うと、ぶたぶたはきびす（ってどこ？）を返して、とことこと歩いていってしまった。

話していないとは断言できないが、話したとも思えない。ぶっちゃけ忘れている。

そういえば、自分とぶたぶたの面識の有無は、あれから触れられていない。泰隆からは訊きづらいし……。

これも忘れていたことなのだが、やっぱり無理にでも思い出した方がいいんだろうか。


忙しいと、日々は淡々と過ぎていく。

ぶたぶたとは文字通りすれ違いが多かった。朝やってくる彼と、夕方出てくる自分。

朝には必ず話すが、ゆっくり時間があるはずもない。

古本屋や書店ではたびたび会っているが、あの時のように余裕はなく、せいぜいが立ち話だ。図書館へ行く機会は、まだ巡ってこない。

ちょっと淋しく感じたが、忙しいことが悪いわけではないので、仕方ない。

すれ違うといえば、あの人もそうだった。泰隆が帰る時間帯にやってくる朝食カフェの常連の女性。

顔見知り程度にはなったので会釈はするが、相変わらず何をしているのかわからない人だった。着ている服がいつも違う。ジャージかと思えば明らかに朝帰りとか。元気よかったり眠そうだったり。

カタギじゃないな、と勝手に決めつけている。

が、何となく彼女がこのカフェのアイデアを出したのではないか、と思っていた。最初に会った朝、ベンチに座った彼女はぶたぶたと話していた、と気づいた時から。確かめたわけではないが。

カフェの常連であっても、バーの常連ではないので（来たことがない）、名前はわからない。本当に同級生ならば綿貫は当然知っているだろうが、それを自分からたずねるのも何だか変な気がする。

これもまた、戸惑っているところだ。ただ名前を訊くだけなのに。

こういうことが一つ増えるたびに、何となく自分が役立たずになったような気分になるけれど、それで落ち込むようなことには、まだかろうじてなっていない。

積み重なっていくと怖いな——と考えていた頃、母から電話がかかってきた。

「元気？」

おそるおそる出た泰隆に、母は弾んだ声をかけた。まだ会社を辞めたことはバレていない、とわかってホッとする。

「うん。母さんは？」

「元気よ」

「英治郎さんは？　あ、『お父さん』の方がいいのかな？」

そんな軽口を叩いてみたが、

「——元気よ」

母は無視する。ただ、声は照れているようだった。

「また旅行に行ったんだって？」

「旅行ったって、近場の温泉に一泊だよ」

そういうささやかな小旅行にも行けなかった母を、惣田は頻繁に車で連れだしていると言っていた。

「じゃあ、その温泉はどうだったの？」

「とってもよかったー」

温泉の話から、新婚旅行の思い出話になる。ぎゅうぎゅうに観光を詰め込まず、田舎《いなか》などでもゆっくり過ごしたのがかなり気に入って、何度でも言いたいらしい。

「もう一生分の贅沢《ぜいたく》をした気分だわー」

「まだまだ何回もできるだろ？」

「クセになっちゃうから、もう旅行は近場でいいよ。温泉で充分」

本当にうれしそうに母は言う。

「仕事は？　忙しい？」

「うん、まあまあだね」

いつかはバレるだろうが、いったいいつ打ち明ければいいのだろう。たとえ文句は言わないにしても、残念には思いそうだ。こんなにうれしそうな新婚生活に、水を差したくなかった。

別に今日言おうと思っていたわけではないし、間違ったことをしているわけではないので、いちいち気にする必要はないが、それでもタイミングを考えずにはいられない。人に心配をかけまいとする方が、ずっと楽なんだな、と泰隆は思った。母もこんな気分だったのだろうか。子供だった自分は何も気づかなかったけれど。

「今度、みんなで食事にでも行きましょう」

「うん」

〝こむぎ〟のことを思い浮かべたが、朝食ではな……。

でも電話を切ったあと、ランチはどうだろう、と思い直した。まだ一度も行っていないから。

どっちにしろ、あんまりゆっくりはできないか……。あの店は、けっこう忙しい人向けのところだ。パッと入って、パッと食べて、パッと帰る。のんびりゆっくりは、むしろ夜の部。

何にせよ、あそこを使ったらバイトがバレバレなので、無理なのだが。

いつ母に秘密を打ち明けるのか——と考えていると、辞めたそもそもの理由を思い出す。

本当の自分がやりたいことを探す——。

そういえば、見つけようともしていなかった。バイトに慣れてきた今こそ、行動を起こすべきかもしれない。

でも、具体的に何をやればいいんだろうか。どうすれば見つかるのだろう。


ぶたぶたがいつものようにビスケットの仕込みをしている横で、泰隆は洗い物をしたり、冷蔵庫の整理をしていた。

「ぶたぶたさん」

「何?」

「ぶたぶたさんがカフェをやろうとしたきっかけって何ですか?」

この間は「朝食カフェ」のことは聞いたが、そもそも「カフェ」をなぜやりたいのかというのはたずねなかった。

綿貫とも突っ込んだ話をもっとしてみたいのだが、まだまだ以前の自分を知っている人への接し方を変えられない。

「うーん……そんなに大きなきっかけはないんだけど」

手を休めずにぶたぶたは言う。

「料理が好きだから、店をやりたいなっていうことかな？」

「……それだけですか？」

「そうだよ。周りから『出しなよ』ってすすめられたっていうのもあるけど」

そんな消極的な理由でいいんだろうか。それっていわゆる「流されている」とも言えないか？　だが、泰隆が感じているような「流され方」とは違う気がする。

「じゃあ、ぶたぶたさんが本当にやりたいことって何なんですか？」

「うーん……本当にやりたいことねえ……」

かなり悩んでいるようなシワが目間に出ていたが、手は絶対に休めない。

長い間考えた末、ぶたぶたは答えた。

「そういうことは、あんまり考えたことないね」

ガーン、と頭の中で音がした。

「……ないですか？」

「うん。気がついたら今、みたいな感じかなあ」

一瞬遠い目をしたようだった。

「あ、そういうことに悩んでるの？」

手を止めてぶたぶたがくるっとこっちを向く。ひらひらと耳が揺れた。

「いえ、あの……そうですね」

「もしかして会社辞めたのもそのせい？」

「うーん……ちょっと違うんですけど、ほとんどそうですね」

ぶたぶたは首を傾げて、またビスケットのタネをかき混ぜ始めた。

「綿貫さんは知ってるの？」

「あ、会社辞めたことは言いましたけど、理由についてですか？」

「うん」

「えーと……綿貫さんは知りません。話してないです」

「そうなんだ。知ってるからここ世話したのかと思ったー……」

驚いたような口調で言う。

「綿貫さん……っていうか、今までの友だちにはなかなか話しづらいことなんです」

「……どうして？」

ぶたぶたがまた手を止めて向き直る。それが何だかとってもかわいくて、なぜか涙が出そうになった。

「ぶたぶたさーん！　パンがやっと来たよー！」

綿貫の声がする。ちょっと酔っ払っていてご機嫌だ。

「あ、はーい。ありがとー！」

と、返事をしてから、

「また今度ちゃんと話してね。話せたらでいいから」

そう言って、表に出ていった。

話せる、と思うだけでも、何だか楽になった気がした。たかがそれだけで、こんなに違うものなのか。

楽ではなかった、と気づいたことも驚きだった。

4

帰るため自転車にまたがろうとした時、ちょうどあの女性が曲がり角を曲がってこちらへ歩いてくるところだった。

いつかみたいにフラフラしていた。髪の毛もボサボサ。ネグリジェのような白い服を着て、裸足《はだし》にサンダル履きだった。

歩き方自体がゾンビで、その上、長い前髪の間から垣間見える顔色が、ものすごく悪い。というか、白い。真っ白だった。

色白というのとは明らかに違う――「紙のように白い」というのは、本当にあるんだ、と思ったとたんに彼女は突然立ち止まり、ハーッとため息をついて、そのましゃがみこんだ。

えっ、具合が悪い？

泰隆は駆け寄って、

「大丈夫ですか？」

と声をかけた。

彼女は立てた膝に顔を埋めるようにしながら、か細い声で、

「大丈夫です……。貧血だから、すぐに治ります……」

と言った。

「どっかに座ります？」

「いえ……これが一番頭が低いから……」

何だかよくわからないことをつぶやいている。

そんなこと言われても「ああ、そうですか」と帰るわけにもいかない。どうしたものだろうか……。

「誰か呼んできましょうか？」

首を振る。それもしんどそうだ。髪がとても重そうに揺れる。

朝なので、ほとんど人通りもない。〝こむぎ〟に戻って誰かに声をかければ一番いい——と思って歩きかけると、突然彼女が顔を上げた。

少し頬に赤みが戻っていた。

「よくなってきました……」

「あ、そ、そう……」

声はまだものすごくか細い。

店に戻るタイミングを逃してオロオロしていると、やがて彼女は「よっこいしょ」と立ち上がる。

と思ったら、ちょっと道の脇に寄って、また座った。

「道の真ん中に座ってた……」

幸い車は通らなかったからよかったものの。

そこでまたしばらくうずくまっていたら、

「もう大丈夫……みたいです」

と立ち上がった。でも、何だか前のめりで、今にも倒れそう。

「見上《けんじょう》さん！」

店からぶたぶたが出てきた。いつものように粉まみれだ。

「大丈夫ですか⁉」

「あ、ぶたぶたさん。平気です……。ちょっと眠いだけで……」

ろれつがもう回っていない。

「そんなことないでしょ。また貧血起こしたんじゃないの？」

「あ、起こしてたみたいですよ」

さっきの顔色からすれば、当然だ。

「うあー……何で言うの……」

非常に弱々しく反論された。

「帰って寝た方がいいよ」

「いやー、ぶたぶたさんのパンケーキを食べるのー……」

ほとんど寝ぼけたようになってきた。

「あとでまたおいでよ」

困った声でぶたぶたがなだめる。

「ダメ、一度寝たら、午後まで寝ちゃう。そしたら、食べられないもん……」

シクシク泣き出しそうな勢いだ。

「これをごほうびにってがんばってきたのに……」

ほんとに泣き出した！

「うーん、困ったな……」

「テイクアウトはどうなんですか？」

そりゃできたてがいいのだろうけど。

「テイクアウトする？　見上さん、どうする？」

ぶたぶたがたずねると、彼女はしばらくフラフラしながら空を見て、

「……それで我慢する……」

ようやく納得したようだった。

しかし、もう立てないくらいグラグラになっているぞ、この人。

「あのー、目黒さん、時間あるかな？」

「はい？　ありますけど」

帰るだけなので、ヒマといえばヒマである。

「ちょっとここで彼女支えててくれる？　急いでテイクアウト作って持ってくるから」

「あ、はい」

「見上さん、寝ないで待っててよ！」

ぶたぶたは急いで店に戻っていった。

泰隆は道に座り込む見上と呼ばれた女性を支えていたが、時折ガクッと力が抜けるので油断できない。

しょうがないから座らせたら、寝てしまうだろうか？

何をしてこんな具合を悪くしているのだろう。眠いと言っていたが、睡眠不足なだけなのか、貧血を起こしたみたいだから他にも何かあるのか……。

「朝食食べるより、やっぱり病院に行った方がいいんじゃないですか？」

そう訊いても、モゴモゴ何かうめくばかりで、聞き取れない。一応返事をしているのだろうか……？

しばらくして、麻子が店から急ぎ足で出てきた。

「はい、これ」

白いビニール袋を渡される。玉子と小麦のいい匂いがふんわりと漂う。

「お代はあとでいいって。いつもの奴ね。コーヒーも入ってるから、気をつけて」

泰隆が立ち上がらせ、袋を持たせようとしたが、力が全然入っていなくて、手がブランと落ちてしまう。

「うわ、ほとんど寝てるね」

「困ったねー。目黒さん、この人、送っていってくれない？」

「いいですけど――」

いくらなんでも見捨てては行けない。

「どこに住んでるか知りませんよ」

「この人のアパート、そこの角曲がった路地の奥なの。二階の奥の見上さん。すぐだから」

さっき本人が出てきた角か。

「わかりました。ちょっと送ってきますね」

「頼んだね」

「あとでぶたぶたさんにメールでも送っておきますよ」

「わかった。伝えときます。ごめんねー」

麻子はあわてて店へ帰っていった。忙しくなってくる時間帯だから、少しでも店をあけるわけにはいかないだろう。

「見上さん、立ってください」

声をかけてもほとんど寝ぼけた状態なので、腕を肩にかけ、引きずるように路地を進む。

奥の突き当たりに、古ぼけたアパートがあった。「中村荘」という昔ながらの名称。一階二階合わせて六部屋のこぢんまりしたたたずまいだ。カンカンいう鉄の階段を登り、奥の部屋に向かう。「見上」という表札を確かめてから、彼女に声をかける。

「見上さん、ここでいいんですよね？」

「……はい」

と言ったのだろうが、「うぃ……」と聞こえて思わず笑う。フランス人か。

「鍵は？」

答えない。

まさかいきなり服のポケットを探るわけにもいかない。バッグとか持っていないし。

「……ぃてる」

「え？」

「……ぁいてる……」

「開いてる⁉」

「……うん」

ドアノブに触ると、本当に開いた。なんて無用心なんだろうか。

それを説教しても今は仕方ないので、とにかく彼女を部屋に入れた。

玄関にうつぶせにおろすと、四つん這いになって奥へと入っていく。履いていたサンダルは自然に脱げる。

「あっ、ちょっと朝食！」

コーヒー、こぼれてないかな、と思いながら追いかける。

彼女は無言で奥の畳の部屋へ進み、隅のベッドに潜り込んでしまう。

「待って待って、朝食あるよ！」

寝かせてあげた方がいいに決まっているが、一応聞いてみる。

何か返事はしていたようだが、そのまま壁の方を向いて布団をかぶってしまった。とにかく眠いらしい。

何でこんな状態なのに、朝食を買いに来たのだろうか。確かにおいしいけれど、倒れるくらい眠い時に目が覚めるほどの効果はないと思う。

ビニール袋を部屋の真ん中にある木製のローテーブルの上に置く。じゃあ、これで帰るか、と思ったが、はたと足が止まる。

「見上さん、鍵は？」

と声をかけても返事はない。もうすっかり眠ってしまったようだ。

いくらドアが開けっ放しだったからといって、女性が一人で寝ている部屋に鍵をかけずに帰るのは気が引ける。施錠してドアポストに投げ込んでおこうと思ったのに。

うーん、どうしよう。自分が帰ったあとに何かあったら気分悪いし。

きっとぶたぶたも気にするだろうし。

触らないようにテーブルやタンスの上、玄関や台所を見回ってみる。が、鍵は見当たらない。本人が身に着けたままで寝ている場合もあるし――まさか引き出しを探るわけにもいかない。

とりあえず……起きるまで待つか？　別に何かしようという気もないわけだし。

部屋を見回し、テーブルの脇に置いてある座布団の上に座ってみる。

何となく正座してしまう。

最近は古い物件でもリフォームでフローリングにしているところが多いのに、ここは六畳間だ。それが何だかなつかしい。畳って寝転がりたくなるが、人の家なので我慢。

でも、手前の四畳半ほどの部屋はフローリングだった。ダイニングのつもり？　カーペットかと思ったが、ちゃんと板張りになっているようだ。なぜ？　こっちは畳なのに。ちょっと変わった部屋だが、借主は気に入っているのか、何だか居心地がいい。全体的に和風にまとめてあって、家具も古道具が多いようだ。

テーブルの下のカラフルで肌触りのいいラグがミスマッチなようでいて妙に落ち着く。壁にはタペストリーがいくつか飾られているが、あれは何だろう？

テーブルの上や周りには本や紙が散乱していた。ノートのようなものが開きっ放しになっており、読めない字で何か書き殴ってある。電源の入っていないノートパソコン、何本もの筆記具、飲みかけのペットボトル、栄養剤の瓶などもあった。

一つだけ異様な存在感を放っている大きな本棚の周りには、入りきらない本が積まれていたが、部屋全体は割と整頓されていた。洗っていない食器も台所にあったが、激しくためているわけではないようだし。捨てていないらしいゴミ袋も、一つだけだったし。

とにかくこの女性は疲れている、というのだけは、何となくわかった。

部屋には南と西に大きな窓があって、日当たりは最高だ。ちょっと窓も開いていて、風がそよそよ入ってくる。

窓もドアも開けっ放しで出かけるとは、何という危機感のなさだ。
そう思って彼女をにらんだが、それで起きるわけでなし。
泰隆は足を崩して、ぶたぶたへメールを送った。

目黒です。見上さんを家に送っていきました。

そこまで打って、今のこの状況を知らせるべきか、と考えるが——それはあとでもいいだろう。

安心してください。それでは、また。

簡潔に打って、送信した。
布団がもぞもぞ動いたが、また静かになる。潜り込んでいて、暑くないのだろうか。
そういえば、袋の中のものはできたてのはず。閉めておくと、しなしなになってしまう。

ビニール袋から紙袋を出し、ふたを開けておく。ハムオムレツ添えのパンケーキに生野菜セットとかぼちゃサラダとコーヒー。ビスケットも一つついている。

ちょっと腹が減ってきた。

コーヒーは袋の外に出す。冷めてしまうが、それは仕方ない。

これを熱いうちに食べたかった気持ちはわかるが、こんなに疲れているのなら寝ていればいいのに——何だかかわいそうに思えてきた。

それにしても起きない……。さっき寝たばかりだから当たり前だけれど、何かヒマつぶしはできないものか。携帯電話を見ていると、眠くなってしまいそうだし。

本をちょっと見てもいいかな？　畳に落ちてるというか、積んである本とかなら許してもらえるだろうか？

タイトルを見て、ピンと来た文庫を一冊手に取り、パラパラとめくる。

最初のページを読んでみた。——あ、けっこう面白い。

そのまま読み始めた。

「ぐやっ……」

カエルが踏まれたような声が聞こえて顔を上げると、女が布団の中から貞子のように目だけのぞかせている。

「だっ、誰……!?」

うたた寝していたこっちも、同じくらい驚いているのだが、それは気取られないように——。

「〝こむぎ〟で夜働いてる目黒です」

何とか落ち着いた声が出た。

「……綿貫んとこの？」

「そうです」

やはり彼の同級生なのか。

「あ、あ、思い出した……」

突然、顔全体が布団から出てきた。

「い、今何時？」

壁の時計を見ると、もう二時間もたっている。あれ、うたた寝なんてレベルじゃなかった？

「ああ……なんてこと」

布団をはねのけベッドから出るが、〝こむぎ〟の紙袋を見つけて愕然とした顔になる。

「眠気に負けた……」

――どちらかと言えば食い気の方が勝ってああいうことになった気もしたが、言わなかった。

「……すみません。ご迷惑をおかけして」

急に正座をして、しおらしく謝られた。

「いえ、そんな大したことはしていませんが」

「ここまで連れてきてくださって」

髪の毛がバサバサで顔が見えないので、ますます貞子だった。そういえば、下の名前を知らない。

「目黒さんっていうんですか……」

「そうです」

「すれ違ってましたよね。名前、初めて知りました」

「僕もです。ぶたぶたさんから訊いたんですけど」

「ああ、ぶたぶたさん……」

頭を抱えてうなり出す。

その時、ドアチャイムが鳴った。ハッと顔を上げた瞬間、髪の毛が顔から取れた。当然化粧っけはないが、なかなかきれいな顔立ちだ。血色もよくなっている。

「見上さーん」

これは——ぶたぶたの声？

「は、はーい……！」

あたふたしている。たったあれだけの正座で足がしびれたかのように。

「出ましょうか？」

「すみません、お願いします！」

玄関に行ってドアを開けると、ぶたぶたが立っていた。こうして見ると、本当に小さい。ドアの向こうに立つぶたぶたほど、絵になるものはないと思う。

「あれ、目黒さん、いらしたんですか？」

泰隆の姿に目をパチクリ——したように見えた。

「見上さんが寝てしまって、鍵がかけられなかったんです」

「そうですかー」

「じゃあ、俺帰りますね」

「ちょっと待って！」

突然、後ろからシャツをガシっとつかまれた。

「お礼にお茶でも飲んでって！」

振り向くと鬼か貞子《さだこ》かという形相《ぎょうそう》が間近にあった。

「いや、そんなお気づかいなく……」

ちょっと怖い。

「遠慮しないで！」

遠慮も何も、俺は夜通し働いていたので、帰りたいのだが。

ぶたぶたはキョトンとした顔で泰隆たちを見つめていたが、

「ごちそうになってったらどう？　見上さんのお茶はとてもおいしいから」

と言った。

「そうだよ！　おいしいから！」

何でそんなに必死になるのかわからないが、

「ぶたぶたさんがそう言うなら……」

飲んでいこうかな、という気分になる。


泰隆とぶたぶたに出されたのは紅茶だったが、本人は冷めたコーヒーを飲みながら、パンケーキとオムレツを食べた。

テーブルが丸いものだったので、三人でちゃぶ台を囲んでいるようだった。クッションを重ねて座るぶたぶたが一番偉そうというか、もてなされているように見える。牢名主？

紅茶は果実のような甘い香りで、鮮やかなオレンジがかった紅色？　で、にごりもない。味は渋さとさわやかさが同居していて、飲み込むと香りがすうっと鼻を抜けていく。

紅茶なんてどれも同じだと思っていたが、違うものは違うらしい。

ぶたぶたは香りを楽しみながら、飲んでいるようだ。

飲み物がどこへ行くのかというのは相変わらず謎だが、それにまた一つ加わる。

あの鼻には、穴があるのか？

「見上さん、徹夜をしたあとはちゃんと寝た方がいいよ」

満足そうに紅茶を飲み干したあと、ぶたぶたが言った。

「そうなんですけど……」

モソモソした返事だ。

「徹夜？　仕事で？」

この女性が何をしているのか、さっぱりわからない。

「そうです……」

「何の仕事なんですか？」

ぶしつけだろうか？　でも、彼女は特に気にした様子もなく答えた。

「あの……小説、書いてます」

ふーん、小説ね、小説——えっ⁉

「小説家⁉」

「彼女の本、とても面白いんだよ」

さっき読んでいた文庫本に目をやる。気がつかなかったが、作者の名前が「見上《けんじょう》遥《はるか》」だ。

「けんじょうはるか……？　って、見上さんの本？」

「そうです」

「さっきちょっと読んだけど、面白かったよ！」

泰隆の大声に、遥は目を丸くしたが、やがて「てへへ」とうれしそうに笑った。

「もしかして、〆切とか？」

「そうです……今朝までで」

それでごほうびがどうとかって言っていたのか。

「そういう時は、電話でもしてくれれば、届けてあげるから」

ぶたぶたが言う。優しい。

「そんなの悪いです……。忙しいのに」

「いいって」

「……できたてが食べたいから」

その気持ちはとってもわかる。ぶたぶたにも会いたいんだろう。それがごほうびというものだ。

「それでも、ちゃんと寝てから次の日に来てくれた方が安心だよ。今時は明るいからいいけど、冬は夜みたいなんだし」

「……はい」

渋々というように遥はうなずく。お父さんに叱られている小さな子供のようだ。大きさは正反対だが。

「じゃあ、ぶたぶたさん、俺、そろそろ帰ります」

「あ、僕も店抜けてきたから、帰ります。見上さん、ぐっすり寝て疲れとってね」

「はい……」

何とも力ないが、疲れがどっと出たのだろうか。

それでも玄関まで見送ってくれる。鍵をかける音も二人でちゃんと聞いてから、アパートの階段を降りる。

路地を歩きながら、ぶたぶたが言う。

「なんかすみませんね、目黒さん」

「いえ、ヒマなんでいいですよ」

眠気はさっきうたた寝をしたからか、だいぶ覚めている。

「それより、店をあけてて大丈夫なんですか？」

「最近、店に厨房の手伝いしてくれる人が来たんでね。実家近くにああいう店を出したいんだって」

「へえー。修業ですね」

「いや、そんな本格的なものじゃないよ。秘伝があるわけじゃないからね」

食べ物屋をやるというのは「大変」という印象しかなくて、とても自分でやろうとは思えない。

いや、そもそも何かしようという熱意すらないのが一番の問題だ。

「どうしたの？」

「え？」

「何だか深刻な顔してるみたいだけど」

「そんな顔してました？」

「うーん……深刻というか、暗い顔っていうか。目黒さんはいつも明るいからね」

明るい顔、というのは、作っている顔の方だ。小さい頃は気難しく、友だちとよくケンカをした。両親が離婚してから、ケンカは一切していない。

よく我慢できたものだが、離婚を機に転校したからこそか。

何だか遠いことのように考えてしまう。まるで自分のことではないようだ。

いや、ある意味自分ではなかったのかもしれない……。

「……今度は、何だか悲しそうな顔をしているよ」

ぶたぶたの声に、思わず足を止める。

そんなに顔に出るものなのだろうか。

「俺、疲れているんですかね」

正直でいよう、と思っても、こういう時どう言ったらいいのか、まだよくわからない。

「早く帰った方がいいですね。ぶたぶたさん、また明日」

店の前に置きっぱなしだった自転車にまたがった。うつむいたまま。

「あ、気をつけて。お疲れさま」

自分の背中をぶたぶたが見つめていることを意識しながら、ペダルを強くこいだ。


でも、その日はまだ穏やかな方だった。

数日後、母から電話がかかってきた。普段はめったにかかってこない昼休みの時間帯だ。

「夜に電話しても出ないのはどうして？」

会社に勤めていた頃も、留守電ばかりになってしまうからメールにしてくれ、と言っていた。でも、母は何かに気づいたのかもしれない。声が少しこわばっているのが気になった。

「メールの返事も前より遅くなってるけど」

母の勘はあなどれない。

「何でもないよ」

とりあえず、そう答えてみる。

「そんなことない。何となくそう思うだけだけど」

母の声は、さらに緊張したようだった。何が何でも問い詰めようとしているみたいだ。

「心配するようなことはないよ」

「それは八割方『そういうことがある』と言ってるようなもんよ」

失言だっただろうか。

「昔を思い出すのよ」

……失言だったようだ。母のトラウマを掘り起こしてしまったのか。

「英治郎さんも様子がおかしいもの。あなたのこと話そうとすると、話をずらすのよ。だから、二人で何か隠してるんじゃないかって思ったの」

惣田はきっと「もう会社を辞めている」と思っているのだろう。だが、泰隆がちゃんと話していないので、言葉をにごすしかない。

これ以上黙っているわけにはいかないようだ。

「……ごめん」

「やっぱり何か隠してるの？」

「うん……」

「何？　何なの？」

母の必死な声に、ずっと隠していて悪かった、という気持ちで胸がいっぱいになる。

結局、この緊張に自分が耐えられなかっただけなのだ、と思うと余計に。

「俺さあ……実は、会社辞めたんだ」

母の沈黙が、痛かった。

「え？」

「ほんとにごめん。ごめんな」

言葉が何も浮かばないので、それぱかりくり返す。

「辞めたって……身体の具合でも悪かったの？」

「いや、そういうことは……多少はあるけど」

「あるの？　今も具合悪いの？」

「ううん、今はない」

身体の調子はすこぶるいい。朝はまだ起きられないけれど、それは生活習慣上仕方ないことと考えられるくらいにはなった。

「いつ辞めたの？」

「二ヶ月くらいになるかな」

「もうそんなに」なのか、「まだそのくらい」なのか、母はどっちなんだろうか。

「二ヶ月!?　じゃあ、お母さんが再婚した時じゃない！　もしかして、それを待ってたの!?」

そうだと言えず、口ごもる。正直でいようと思っても、母の口調はまるで責めているようだった。

「どうして辞めたの⁉　いい会社だったじゃない！」

そう返されると反論のしようがない。確かにそうだった。しかし、時世の影響を受けていなかったわけではない。

「説明するのは難しいんだよ。わがままと言っちゃえばそれで終わりだし」

「わがままなの⁉」

声が一段と大きくなる。

「いや、だからうまく言えないんだけど――」

「どうしてそんなことできるの⁉　こんな不景気な時に！　苦労して入った会社なのに！」

母の怒りは想像以上だった。泣いているのかも、と思うとうろたえてしまい、「ごめん」とつぶやくばかり。

すると、突然母が黙った。

「……辞めて今はどうしてるの？」

少しだけ怖い間ののち、低い声でそんなことを言う。

「バイトしてるよ。ちゃんと働いてるから」

しかしその答えに母は不満だったらしい。

「働いてるって、バイトでしょ!? 何のバイトしてるの?」

「大学の先輩がやってる飲み屋で——」

「飲み屋! だから、夜電話に出られなかったのね!」

「飲み屋っていうか、ダイニングバーなんだけど——」

「夜の仕事なんて、そっちの方が身体が心配だわ。お酒も飲むんでしょ!?」

「飲まないとは言わないけど、俺はほとんど厨房だから——」

「あんまり強くないのに!」

そのあとはほとんど会話にならなかった。母は始終まくし立て、泰隆の言葉を聞いていない。

「もう昼休み終わるから、あとでまた電話するからね! 何を考えてるのか、ちゃんと説明してちょうだい!」

そう言って、電話を切ってしまった。

どっと疲れを覚えた。こんなに激高《げっこう》されるとは想像もしていなかった。

寝ているところを起こされてしまったが、もう二度寝をする気もなくなる。惣田に今起こったことを簡単にまとめてメールしてみると、

最近、泰隆のことをしきりに気にしていたよ。

「心配しすぎじゃない？」

って言ってたんだけど……。


と返事が来た。彼は会社ではなく、外出先にいるらしい。

母は夫と息子の様子から、純粋に勘だけで「おかしい」と思ったようだ。

「あとでまた電話する」と言っていたが、仕事をしていたら出られないし……どうしたらいいんだろうか。母だって勤務中は無理だろうし。

自分から電話をしてもいいのだが、説得できる自信はなかった。会社を辞めることは母に背くことだったのだろうか。そりゃ心配はするし、文句も言われるだろうとは覚悟していたが、もう成人だし、母も再婚している。一人の大人として対峙してくれれば充分だったのに……。

あんなに感情的になるとは、考えてもいなかった。もっと冷静に受け止めてくれると思っていたのだ。

自分のやったことは正しいことだったのか、と急に不安になってきた。

5

次の日の朝、帰ろうとしたら、店の前に母がいた。

一瞬、呆然と立ち尽くす。母の目は腫れ、老《ふ》けこんでいるように見えた。

泰隆に気づくと、キッと顔を上げた。つかつかと近寄り、少しかすれた声で、

「何で、何でこんなこと……あたしが苦労してここまで育てたのに……！」

そう言ったのを聞いて、我に返る。昨夜、母は連絡をくれなかった。こちらから連絡を入れるべきだっただろうか。でも、電話をするのは正直怖かった。

「母さん、落ち着いて」

「落ち着かせてよ、あんたはもう……何考えてんの⁉」

何も考えていない。

最初に浮かんだのはそんな言葉だった。

自分が何も考えていないから、こんなことになったのだ。

朝の静かな住宅街に母の声が響く。悲鳴とまではいかないが、かなり興奮しているので、寝ている人を起こしてしまう可能性もある。

「母さん、どこかに入って話そう」

でも、〝こむぎ〟はまずい。駅前のファストフードとかファミレスとか二十四時間営業のところへ――。

「今すぐ、元の会社に戻りなさい！」

「そんなの無理に決まってるだろう⁉」

いくら辞める時に引き止められたと言っても、しょせん経験年数の少ない平社員だ。戻りたいと言ったって叶えられるはずもない。

「お母さんが口利きしてあげる！　いっしょうけんめい頼んであげるから」

それを聞いて、唖然《あぜん》とした。自分の母は、こんなことを言うような人だったのか？

「母さん、お願いだから冷静になってくれ」

路地から遥の姿が見えた。驚いて固まっていた。今日は普通の格好をしている。もうすっかり復活したようだ。

「帰りましょう、うちに。一人暮らしなんかやめなさい。うちでゆっくりして、しばらく頭を冷やすといいわ」

「母さん——」

「お話のところ、すみません」

突然、落ち着いた中年男性の声が割り込んだ。有無《うむ》を言わせぬ声色《こわいろ》に、母も振り向く。

「何⁉」

と言ったが、すぐに、

「誰⁉　どこ⁉」

とあたりを見回す。足元のぬいぐるみがしゃべっているとわからないみたいだ。今はその方がいいかもしれない。

「ここではなんですんで、店の中へ——」

キョロキョロするばかりで、母は状況を把握できていない。でも、少なくとも黙った！

「いえ、ダメです、ぶたぶたさん。駅前に行きますから」

「今、店に人いないから——」

「でも、見上さんが」

突然名前を呼ばれた遥が、母に見つけられてビクッと身をすくめた。

「泰隆、これは何⁉」

いったい何に対して「何⁉」と言っているのかわからなくなってきた。ぶたぶたは後ずさりする母に踏みつけられそうになっている。

「母さん、説明すると長くなるから――」

「さつき！」

一台の車が急停車し、中から惣田が出てきた。

「ごめん、泰隆！」

「あなた、何で来たの⁉」

店前が、騒然となる。こんな迷惑をかけるなんて……。

「ごめん、お母さんは連れて帰るから！　あとで連絡するからな、泰隆！」

惣田は車に母を押し込むと、走り去っていった。

近所の人が出てくるか、と思ったがそんなことはなく、いつもの静けさが戻る。

「申し訳ありません、ぶたぶたさん……」

泰隆は頭を下げた。

「いえいえ」

ぶたぶたの耳がふるふると揺れる。

「ぶたぶたさんが踏まれるんじゃないかと気が気じゃなかったぞ」

綿貫も出てきた。惣田はぶたぶたには気づかなかったようだ。母は——目をやっていたが、わかっていなかったのか？

「お前、お母さんに会社辞めたこと言ってなかったの？」

「はい……」

「あちゃー。そりゃ親だったら怒るんじゃない？　俺もちょっと思ったもん、『もったいないなあ』って……」

もったいない、か……。そう思ったことは一度もないな。

「ねえ、ぶたぶたさんも見上もそう思わない？」

「でも……理由は人それぞれだし」

いつの間にか近くにいた遥が言う。

「まあ、こいつは今、割と健康そうだから、辞めてよかったんじゃないかな、と俺は思うけど、お母さんの気持ちもわかる」

綿貫は続ける。

「ちゃんと説明してあげないとな」

「……はい」

話を聞いてくれるか、不安なのだが。

ぶたぶたに目を向けると、ニコッと笑ってくれたように見えた。

「朝ごはん食べていけば？」

「は？」

「お腹空いてない？」

仕事が終わったらすぐ、母にメールで連絡を入れようと思っていたから、今日は朝食を取らずに帰るつもりだった。もちろん、腹は減っている。店からはこの上なく香ばしい香りが流れてくる。

「さあ、見上さんも一緒に」

ぶたぶたに押されるようにして、二人で同じテーブルに着いた。

「じゃ、俺は帰るね」

綿貫はそう言って、外から手を振る。

店には客がまだいなかった。あれ以上の迷惑をかけなくてよかった……遥には悪いけど。

「何にする？」

何もなかったかのように麻子が注文を取りに来る。

「あ、えーと……フレンチトーストとハムサラダ。チーズオムレツとホットコーヒー」

スラスラと注文が出てくる。

「はい。見上さんは？」

「ビスケットを黒糖バターで。それとベーコンエッグ、とろとろの半熟。あとミネストローネとごぼうサラダとオレンジジュースください」

二人で「食べ過ぎかもしれない」という顔を見合わす。

「あの……なんか巻き込んじゃってすみません」

「ああ、それは別にいいよ。あたしは見てただけなんだし」

「それはそうですけど……みっともないところを見せちゃって」

「何でお母さん、あんなに怒ってたの？　会社辞めたって綿貫が言ってたけど」

行きがかり上、話さないわけにはいかないだろう。

「辞めたことを黙ってたのを、母が怒ったんです」

「……言いづらいのはわかるけど、綿貫が『もったいない』って言ってたのは？」

泰隆が会社名を言うと、

「あー、つい『もったいない』って言っちゃう気持ちもわかるけど、そこってちょっと前に大規模なリストラしてなかったっけ？」

小さくしか扱われなかったが、知っている人は知っているだろう。有名ではあるが、どこも厳しい状況なのだ。

「してました」

「それに入っちゃったの？」

「いえ、違います」

「不祥事――じゃなさそうだよね？」

「何もないです。早期退職の条件にも入ってません」

「じゃあ、どうして？」

「俺が辞めれば、一人辞めなくてもいいわけだから」

それを聞いて、遥は目を丸くした。

「ええーっ、それはまた違う問題でしょう？」

その返しに、泰隆は顔が熱くなってくるのを感じた。

「いや……かっこつけました」

「自分が辞めなければ、他の誰かが辞めなくてすむ」というのを言い訳にしていただけなのだ。けど、昔の自分ならそう言っていても突っ込まれなかったかもしれない。

「そこまで考えてないです……」

「じゃあ、なぜ？」

こ、言葉が出てこない。

「いわゆる、自分探しって奴？」

「そ、そうかも……」

ひとことしか言えないのなら、それが一番近い。何と自己満足な。

「ふーん」

なんか視線が怖い。

「あ、不眠症でもありました！」

うっかり忘れていたが、それも大きな理由だ。

「あ、そうなんだ。じゃあ、つらかったんだね」

つらかったと言われると……まあ、つらかった。打開策がなくて、何をやっても眠れなかったから、気力が萎《な》えていくのだ。

「我慢できないほどじゃなかったのかもしれませんけど」

「そう言ってるうちに辞めてよかったのかもね」

何だかコロリと態度が変わったように見えたが、その時、ぶたぶたが麻子とともに料理の皿を持って、厨房を出てきた。

店にはすでに何人かの客が入っていたが、ぶたぶたの給仕は珍しいのか、みんな注目している。

他の客には麻子が、ぶたぶたは泰隆たちのテーブルにやってきた。

そして、少し小声でこんなことを言う。

「あのね、試作したフレンチトーストを食べてくれる？」

目の前に置かれた鉄板フレンチトーストの上には、クリーム？　バター？　がこんもりと載っている。

「上のはサワークリームね。洋酒で香りづけしてるんだけど、何が合うか悩んでるの。先入観なしに食べてもらえるかな？」

プレーンのを頼んだのに、何このサービス。何だかうれしい。

遥の前にも注文の品が置かれたが、

「見上さんも味見してみて？」

「えっ、食べていいの？　早く切って切って」

にわかに活気づく。泰隆が急いで切り分ける。そして、二人ほぼ同時に、

「いただきます」

と口に入れる。

遥がアツアツを我慢しながら、ぶたぶたに何度もうなずいていた。

「おいひいよ！」

ああ……カリカリの表面とたっぷりソースを吸った中との対比が相変わらず感動的だ。しかも、ソースがほろ苦く、サワークリームの酸味とのバランスがいい。トロトロの中身とサワークリームが溶けると、複雑な味になる。朝食というより、大人向けのデザートといってもいい。

そんなような感想を二人して訴えると、

「うーん、それじゃお昼のスイーツに出してみようかな。ありがとうございます！」

ぶたぶたは、そう言って厨房に戻っていった。

「お昼のスイーツ——ってまだ食べたことがない……」

朝食を口に運びながら、つい心の声が外に出る。

「ないの？　ランチに来たことは？」

「朝は何度も食べてますけど、昼はまだ……」

帰って眠ると、起きるのがここの閉店時間だ。

「と言っても、メニューはほとんど変わらないんだけどね。甘いものがちょっと増えるだけ」

「甘いもの？」

「ホットケーキだよ」

あー……それは一度食べてみたいと切望している。

そんな気持ちが顔に出たのか、遥が滔々《とうとう》と語り始める。

「ホットケーキにアイスとか季節の果物のトッピングとかのデザートメニューが増える

の。最近、甘いものを増やしたいってぶたぶたさん言ってたから、フレンチトーストも試作してるんだね。

それから、たまにクッキーとかブラウニーとかの焼き菓子もあるの。めったにないんだけどね」

ランチも一度来なければ。ああ、母とあんなことにならなければ、やっぱり連れてきたいのに。

「ホットケーキは小さめだけど、厚みがあって――これくらい」

指で示す。５センチはあるだろうか。

「表面はサクサクカリカリで、中はふんわりしっとりなんだよ」

何だか、恐ろしくおいしそうだ……。

「ちょっと元気出た？」

気をつかってくれたのか……。

「元気出たってわかりましたか？」

「え？」

「俺、顔に出ます？」

「うん、けっこうわかりやすいと思う」

それは少しいい傾向かもしれない。以前はよく表情が読めなくて「食えない奴」とか言われたこともある。気持ちを隠す習慣が、多少崩れたのかもしれない。

自分がそんな冷めた人間ではなく、夢に燃えているような人だったら、会社を辞めたことを周りの人はどう思ったんだろう。

「あの、会社を辞めたってことなんですけど——」

「うん？」

生のオレンジジュースをゴクゴク飲みながら、遥が返事をする。

「夢のために辞めるのはどうなんでしょう？」

「夢のため？」

「たとえば、見上さんの知り合いや友だちが、『小説家になりたいから、会社を辞めたい』って相談してきたら、どうします？」

遥はグラスを置くと、はっきりきっぱり言った。

「どんな会社でも、

『もったいないから絶対辞めるな』

　って言う」

　迷いのない口調に驚く。

「夢を目指して辞めるのに？　応援はしないんですか？」

「辞めなくてもなれるくらいのタフさの方が、なったあと役に立つから」

「……なってからの方が大変ってことですか？」

「そういうこと」

　本職ならではの言葉は、何だかよくわからない重さがあるようなないような。

「何でも多分、そうなんだけどね」

　この人は、綿貫の同級生なので、泰隆より三歳ほど年上のはずだ。不安定な自由業をやっているからか、ずいぶん大人のように見える。――この間倒れそうになった時はとてもそんなふうではなかったが。

「混んできたから、出ようか」

「あ、はい」

　ちょうど厨房から出てきたぶたぶたに挨拶をする。

「ごちそうさまでした、ぶたぶたさん。フレンチトーストもありがとうございます。それから、店の前で大騒ぎして、どうもすみませんでした」

もう一度謝っておく。

「ああ、いいよー、気にしないで。お母さん、気づかってあげてね。またどうぞー」

殺人的な忙しさの中、ぶたぶたはパタパタと短い手を振った。

その愛らしい後姿を見て、

「ぶたぶたさん、ほんとにかわいい……」

遥が感心するように言う。

「そうですね」

「えっ⁉」

なぜそんなにあわてる？

「ぶたぶたさんがかわいいって——」

「あっ、そうだね。かわいいよねっ」

遥は顔を赤くしながら、

「じゃっ、また！」

と急ぎ足で店を出ていった。


その日は三時に起き、出かける支度をしていると、惣田から電話がかかってきた。ひどくあわてた声だった。

「お母さんが倒れたって」

「えっ、どうしたの？」

「細かいことは病院についてから話すから、早く来て」

惣田は病院名を告げると、電話を切った。

倒れたって——今朝のことが何か影響したのか？　それとも、前から具合が悪かったのだろうか？

やっぱりこっちから電話した方がよかったのか⁉

そんなことを思いながら、泰隆は病院へ駆けこんだ。

が、病院にはもう母はいなかった。

「退院されましたよ」

受付の人にあっさり言われる。

「ええっ⁉」

呆然としていると、背後から意外な声がかかる。

「目黒さん」

「……ぶたぶたさん？」

総合病院の受付ロビーはもう閑散《かんさん》としていた。ちょっと薄暗くなった病院にぶたぶたが立つ姿はシュールだ。

「惣田さんは、お母さんにつきそって帰られたよ」

トコトコと近づきながら、ぶたぶたは言う。

「何でぶたぶたさんが？」

「お母さん、夕方店に来たの」

「――店って、〝こむぎ〟にですか？」

「そう。僕には気づかなかったっていうか、あまり驚かさないようにしてたら、綿貫さんと話し始めたんだけど、急に動けなくなっちゃって」

「えっ、そんな！　容態は？　……あっ、退院、できたわけですよね？」

「うん。くわしくは惣田さんに訊いていただかないと何とも言えないんだけど——血圧が急に上がったらしいよ」

「ああ、そうですか……」

何だかこっちが倒れそうだ……。

「だから救急車呼んでね、綿貫さんは店があるから、僕がつきそったの」

「あああ……すみません……」

「病院でも顔を合わせないようにしてたんだけど、惣田さんがいらしてから『帰りたい』って言い出して、そのまま退院しちゃったんだよね」

「じゃあ、そんなに前じゃないですね」

惣田がどこから電話をかけてきたのかわからないが、時間差がそれほどあるとは思えなかった。入れ違いになったのか。

「継父《ちち》とは話しましたか？」

「いや、僕が出てってまたややこしくなるのもなんだなー、と思って、遠くから見てただけ。お母さんも僕が病院につきそったこと、気づいてないんじゃないかな」

一瞬、救急救命士の方々の対応が知りたいと思ったが、それどころではない。

「ほんとにもう……すみません。ご迷惑ばかり……」

何でこんなことになったのか……。母のことをわかっているとは思っていたのは、間違いだったのか？

携帯電話が震えたので、あわてて外へ出る。

「もしもし？」

「泰隆？　お母さんはもううちにいるから。連絡遅くなってごめん」

「いや、いいよ、それは。母さんの具合は？」

「病院でもらった薬飲んで、もう寝てる。あれじゃしばらく落ち着いて話ができそうにないな……」

今朝の様子を思い出して、

「あんなふうになるとは思わなかった……」

と泰隆はつぶやく。

「俺もだ」

惣田がため息をつく。

「お母さんが落ち着いたら、必ず連絡するから」

「わかった。こっちからもメールか電話するよ」

電話を切ると、ぶたぶたが不安げにこちらを見上げていた。

「すみません、ほんとに……。お忙しいのに」

また頭を下げる。

「いや、それはいいんだけど……お母さんは？」

「とりあえず、大丈夫みたいです、多分……。母が大騒ぎしてるだけで。俺がきちんと話してなかったせいです」

「会社辞めたこと？」

「そうです……。まあ、どうせ反対されるから言わなかったわけですけど、あんなになるとは……」

「ちゃんとわけを話せば、お母さんもわかってくれると思うよ」

「わけがちゃんとあるなら、そうなんでしょうけど……」

「ないの？」

そう。はっきり言ってしまえば、ない。

泰隆はうなずいた。

ぶたぶたは鼻を手でぷにぷに押していたが、やがてハッとしたようにこっちを向いた。

「まさか、リストラ？」

やはりその発想になるか。不景気だから？

「いや、違います」

「わけがないっていうのは、言えないっていうことじゃ——」

「いや、本当にないんです。ただ辞めただけです」

「辞めたかったの？」

「辞めたくも辞めたくなくもありませんでした」

遥と話した時思ったとおり、自己満足な理由だ。恥ずかしくて、ぶたぶたには言えない。

頭上にはてなが浮かんでいるような顔でぶたぶたが腕を組む。というより、無理に結んだようになった。身体中にシワが寄る。

「あのね、前に会ったことあるって言ったよね？」

「はい」

「あれ、目黒さんは忘れてるんだよね？」

これもやはりバレている。

「……そうですね」

素直に肯定する。

「真剣に思い出そうとすれば、出てくるかもしれません」

「じゃあ、あそこに座って思い出してみたら？」

その記憶にヒントがあるのだろうか。

タクシー乗り場近くのベンチに二人で腰掛ける。人もタクシーもいなかった。

ちょこんとベンチに座るぶたぶたはかわいい。遠くから見たら、自分しか座っていないように見えるだろうが。

「えーと……」

彼を見ていると一向に集中できないので、むりやりそっぽを向いて考える。

一年くらい前、酒飲んで記憶を飛ばしたことがあるんだった。仕事に慣れた故にいろいろまかされていっぱいいっぱいで、すごく疲れていて……。

「綿貫さんの結婚式のあとかなあ……。その頃だとは思うんですけど」

「いや、あの時は目黒さん、二次会から出たでしょう？」

はっ。そうだった。

結婚式というか披露宴はレストランで会費制だったっけ。でも何と泰隆は休日出勤を強いられ、当日は会費を払いに行った足で仕事へ行ったのだった。

幸い二次会には出られたが、午前中だけ思い出したくない日になってしまった。

あれ、でもあの時は結局、疲れ果てて早めに帰ったはず。綿貫夫妻にお祝いを言えればよかったから。

「僕は用があってレストランの方だけに出たの。目黒さんに会ったのは、結婚式前の飲み会」

ああ、そういえば「バチェラーパーティー」みたいなことやろうって大学の後輩連中で言い出して——でも、綿貫はほどほどの時間で妻（もう入籍していた）の待つ家へ帰ってしまったから、あとは独身男だけでどんちゃん騒いで——。

「一次会はいませんでしたよね？」

「二次会の終わり頃かな？」

「その時、いたんですか？」

「いたっていうか、綿貫さんのなじみの店でやってたでしょ？　地元の友だちも呼んで、みんな仲良くなって、流れていったんだよ」

そういえば、男連中ばかりだった。結婚式の二次会なら、もう少し女性がいてもよかったはずだ。

「その段階で、目黒さん、相当飲んでましたよ」

だって、その日に結婚式に行けなくなったとわかったから――前日まで調整できないかとあがいていたが。

「他の人も、かなりべろべろだったけど」

二次会の最初の方はかろうじて憶えていたが、そのあとは家で目を覚ました時に飛んでしまっている。

「帰りはタクシーで目黒さんと相乗りしたんだよね」

「ああ、すみません、全然憶えてない……」

確かに酒はあまり強くない。だから、普段ほとんど飲まないようにしているのだが、あの時はヤケになってつい飲んでしまったようだ。

「そしたら、タクシーの中でずーっと誰ともなく愚痴を言ってて」

「えーっ!」

何だか……話を聞くのが恐ろしくなってきた。

「何て言ってたんですか、俺……」

「……『いつまでこの会社にいればいいのかなあ』って」

何も言葉が出てこない。

「『入りたくて入ったんじゃないけど、悪い会社じゃない』」

何と不遜《ふそん》な……めまいがしてきた。

「でも、『いい会社だけど、ここに自分がいていいんだろうか』とも言ってたよ」

まるでフォローのようにぶたぶたは続ける。

「『自分がやらなきゃと決めたことはやったけど、やりたいことは何もない。俺はこれでいいんだろうか』とか」

それまでもくり返し浮かんできては沈めてきた疑問だった。自分で考えても、人に言っても仕方ないことだったから。

「飲み会ではすごく明るくて、人当たりもよくて、場の盛り上げがうまいなあ、と思ってたから、タクシーでの豹変ぶりに驚きました」

それは自覚があった。タクシーに限らず、まったくの通りすがりで二度と会わないと確信する人には、けっこう本音を話していたりしたのだ。酒を飲んでいる時は、特に。それまでは憶えていたのだから、意識的にガス抜きとしてやってきたに違いない。

「絡んでました……？」

「いや、独り言だったね。疲れているのかなあってあとでタクシーの運転手さんと話してたんだよね」

「えー、それってもしかして料金払ってないんじゃないですか！」

いかん、それは払わないと！

「いや、目黒さんのうちに着いたら、さっさと料金払って降りていっちゃったよ」

「あ、そうですか……。でも、ちゃんと払いましたか？」

「払ったよ」

本当だろうか……。気をつかわせないように言ってるだけではあるまいか。

「いくら払いました？」

「いくらだったかな。でも足りてたよ」

ぶたぶたの点目の奥をいくら見つめても、何も見抜けない。

おそらく足りていなかったと思われるが、これはいつかどうにかしよう。

「その愚痴と、綿貫さんから聞かされる目黒さんの印象が一致しなかったんだけど……」

そのあとの言葉を、ぶたぶたは飲み込んだようだった。

「ぶたぶたさん、何か感じたのなら、言ってください」

「うん、あのう……お母さんとのやりとりを見ていたら、『やらなきゃと決めたこと』が何だったのかわかったっていうか」

「……多分、それは当たってます」

泰隆は、両親の離婚から今までのことをぶたぶたに話した。

長い話になったが、彼はいやな顔もせず、聞いてくれた。

「――それで、お母さんはあんなに怒ったんだね」

途中で買ってきた缶コーヒーを飲みながら、ぶたぶたは言う。缶なので、減っているのかどうかわからない。

「あれほど激怒するとは思わなくて……まさか、店にまで来るとは」

一気に老けこんだような顔にも、ショックを受けた。

「もうすっかり俺に対して安心していると思ったんです。もうこれで母も俺も好きなことができるって」

でも、自分の好きなことは特にないわけだが。

「母親は、いくつになっても安心なんかしないいんじゃないのかなあ」

「そういうもんですか？」

「うん。僕は母親じゃないから、ほんとのところはわからないけどね」

――母親どころか、ということは突っ込まないようにしよう。

「認識が甘かったんでしょうか」

「いや、対応しきれなかったんじゃないかな？　いきなりすぎて」

「掌返《てのひらがえ》しみたいに思われたかもしれませんね……」

「あるいは遅れた反抗期とか」

「それはそれで合ってるような気がします」

かなりヘタレな反抗期だが。

「惣田さんにはある程度言ったのに、お母さんには内緒にしてたのを怒ってるとか」

「……いろいろ考えられますね」

知らないところで地雷を踏んでいたのかもしれない。母のことを思ってのことだったが、それが本当に望んでいるかを確かめたことはないから。

子供のくせに、気を回しすぎたか。

がっくりと落ち込んでしまう。致命的な失敗というのに慣れていないというか、避けて通ってきたのを初めて知った。

「とにかく、継父《ちち》と連絡をとって、母と冷静に話す機会を早めに持ちます」

うまくできる自信はないが。

「タイミングもあるから、焦らないで」

ぶたぶたが言う。そのとおりだろうが、早く結果が出せる方に流れてしまうのは、自分の傾向として自覚していた。


ぶたぶたと別れて店に行く途中、惣田から、

明日以降に連絡します。今日はこのまま休ませるから。

とメールが来た。

いかん。そうだよな。すでに焦っていた自分にダメ出しをする。

また明日、電話します。


とメールする。惣田とだけでも、ちゃんと話さなければ。

だいぶ遅刻をして、店に入った。

「綿貫さん、今日はすみませんでした……」

改めて頭を下げると、

「ああ、そんな、いいよ。朝は何もしてないし」

「でも、遅刻もしたし……」

「お客さんもまだ少ないから、平気だよ。それより、病院につきそいしなくて悪かったね」

悪いことなんて、一つもないのに。

「いえ、救急車呼んでもらって、ありがとうございます」

「お母さん、どうした？」

「もう、うちに帰ってます」

「そりゃあよかった」

「あの、母とどんな話をしたんですか？」

変なことを言ってやしないか。

「うーん……開店準備してたら、突然入ってきてね。

『目黒泰隆の母です』

って言って。俺のことはわからなかったみたいだから、自己紹介して、とりあえず飲み物出して、カウンターに座ってもらったんだよね」

「ぶたぶたさんもいたんですよね？」

「ぶたぶたさんは厨房にずっといたよ。

で、二ヶ月くらい前から働いてもらってて――って話をして……」

「落ち着いてましたか？」

「うん。特に変でもなくて、感じいいから、朝は少し気が立ってたのかな、って思うくらいだった。

大した話もしてないよ。『暑くなってきましたね』とか世間話したあと、

『どんな様子で働いてますか？』

って訊かれたから、

『楽しそうですよ』

って正直に言ったら、急に真っ赤になって黙っちゃって……フラッて椅子からすべり落ちて、立てなくなったんだよね。そのあとは、全然話をしてないよ」

ちょっとホッとした。文句を言ったり罵《ののし》ったりしていたら、合わす顔がない。

「今のこの不景気じゃ、辞めない方がいいって思うのも無理ないよなあ。うちも親にさんざ説教されたし、嫁の実家からは結婚反対されたよ」

「そうだったんですか……」

そういう細かい話は初めて聞いた。

「けど、うちの家は昔からこの街に住んでるし、商売もずっとやってるから、俺が何でもいいから店をやるっていうのはうれしかったみたい。チェーン店とかが増えてるけど、この街はまだまだ個人経営でもやってけるっていうのが、商売人としての誇りみたいなもんらしいよ」

泰隆の実家がある地域は、東京へ出るのは便利だけれども、国道や県道沿いは大型店舗やチェーン店やコンビニばかりで、帰るたびに個人商店が成り立たなくなっているのがわかる。商店街も名ばかりで、駅前も静かだ。

その点、この街にはまだまだ活気がある。

「誇りって、そんな大層なことやってるんじゃなくて、ささやかなもんだけどなー」

いい加減に見えて、実はいろいろ考えている綿貫がいるし、ぶたぶたも住んでいる。

でも、だからって二人のようになろうとは考えていない。

いや、そもそも何も考えてなかったから、今朝みたいなことが起こったんだっけ……。

綿貫には見せないように、小さくため息をつく。母のことも、自分のことも、今日初めてわかったこととわからないことがあった。

6

夜が更《ふ》けた頃、遥が店へやってきた。

「おお、見上珍しい！」

綿貫の声に、思わず裏から顔を出す。

「お前はぶたぶたさんの店にしか来ないのかと」

「たまには来てやろうと思ったのよ」

何だかいつもと雰囲気が違う。ふんわりとしたワンピースを着て、化粧もしていた。巻き髪がよく似合う。

「実は今朝のこと、どうなったのか気になって」

あわてて奥から出ていく。

「ああ、今朝はすみません」

「いや、あたしはただ見てただけだから」

「あれから、またいろいろあって……」

「そうなの？　綿貫、ちょっと目黒さんと話していい？」

「いいよ」

店は谷間の時間帯で、カウンターで綿貫と話している客だけだった。もう少したつと混んでくる。

なんかみんなに甘えているなあ、と自分が情けなくなる。

「座れば？」

遥はテーブルに着いたが、いくらなんでも素直に座るのはいかんと思う。

「まずご注文は？　おごりますよ」

「ほんと？　お酒は飲んできたから、炭酸水ください」

「それでいいんですか？」

おごり甲斐がない。

「喉渇いてるの。シュワシュワしたものが飲みたいのよ～」

ライムを入れた炭酸水を出すと、一気に半分まで飲んでしまう。

「あー、おいしい……」

「いつもと雰囲気違いますけど、どこ行ってきたんですか？」

「出版社のパーティーに行ってきたんだよ」

そう言いながら、髪をかきあげる。

「うわ、なんかすごい。さすが小説家ですね」

あの時読みかけだった遥の本はもう読み終わり、シリーズの続きを読んでいる最中だ。彼女の小説はとても面白い。

「普段ほとんどひきこもりだから、疲れた……。服と化粧はいいんだけど、足がつらいの。ヒールのある靴なんて全然履かないから」

少しだけ目線が違う、とさっき思ったのだ。泰隆よりもまだだいぶ小さいが。

「お腹は空いてますか？」

「ううん。食べ物はしっかりいただいてきたから」

「立食パーティー？」

「そう。立ってるとあまり入らないけど」

業界のパーティーなんて、想像もつかない。会社でのパーティーは、接待する側だったから、飲まず食わずは当たり前だった。

もう一杯炭酸水を運んできたあたりで、むりやり座らされ、病院でのいきさつと、ぶたぶたとの話をする。

遥は黙って聞いていた。いつの間にか綿貫も脇に立っていたが、そのまましゃべり続けた。客はずっと電話をしていた。

「ごめんね、なんか詮索《せんさく》するみたいになっちゃって」

「いや、そんなことないですよ」

まだまだ自分の気持ちをちゃんと言葉にするのは難しいと感じるが、話すことには抵抗がなくなってきた。

「いやー、俺はうれしい」

少し酔った綿貫が、泰隆に抱きついた。

「どうしたのよ、綿貫」

「目黒くんがやっと心を開いてくれたから」

そう言われて、ドキリとした。

「こいつは、昔から優等生過ぎたんだ」

「昔からって、あんたは大学からじゃない。しかも三つも上だし」

「でも、わかる。今日のおふくろさんの様子からも、こいつは親孝行のつもりで優等生だったんだ」

今の言い方で遥が「マザコン」と思わないか、と一瞬気になった。そう思われても仕方ないのかもしれないが。

「何でそんなに堅いのかなあって思ってたんだ、ずっと」

「ずっと？」

「そう。初めて会った時から」

初対面でそんなことがわかるの？

「うん。誰に対しても人当たりいいし、何でもそつがないし、勉強も運動も気配りもできて、しかもイケメンとかって、最初はムカついてなあ」

「何言ってんのよ、あんた……」

遥はあきれ顔だが、泰隆はショックだった。イヤミな奴だと思われていると自覚していながら、面と向かって言われたことがなかったから。

さらに次の言葉——。

「でも、こいつには熱がなくてなあ」

ガツンと来た。

「クールってこと？」

「違う違う。冷たいんじゃない。何かに対しての熱がないだけなんだって、ある日思ったんだよ」

綿貫の言葉は、日頃自分が感じていることを言い当てていた。

「でも、親孝行だってあんたさっき言ってたじゃない？」

「親孝行は熱意でするもんじゃないだろ？　むしろ習慣みたいなもんだ。習慣づかなきゃやらないって奴だっている」

「……なるほど。痛いとこついてくるね、あんたは」

ものすごく渋い顔で遥が言う。

「たまには帰れよ、実家に」

「帰らなくてもよく会うからいいんだよ」

「よく会うって？」

「あー――あのアパートは、仕事場として借りてるの」

泰隆の問いに、遥が答える。

「仕事する時だけのつもりで借りてたんだけど、いつの間にかあそこにいる方がずっと長くなっちゃって」

「実家はこの街なんですか？」

「そう。歩いて十分のところに実家があるから、買い物に行くと家族にバッタリ会う確率がすごく高いの。

——って、何であたしの話になってんの⁉　目黒さんの話だったでしょ！」

そうだった。

「綿貫、目黒さんのこと、やけに観察してたんだね」

「ガキの頃、親戚の大人の話を聞いてるうちに、何となくクセになったんだ。店に来る客のことを知らないとやってけないってずっと言ってたから」

この店で働き始めてわかったが、綿貫の親族はこの街でいろいろな商売をやっている有力者でもあった。有名な老舗店をやっている人もいるらしい。

「そういう点では、ぶたぶたさんも似てる。あの人は傍観者なんだ」

「傍観者……」

泰隆がつぶやく。

「本人がそうなろうってわけじゃなくて、結果的にそうなってるってことじゃないのかな？」

遥が不満そうに唇をとがらせる。

「なんか……よくわかんない。それって、ぶたぶたさんはいつになっても脇役みたいじゃない？」

「だから、別にそう決めつけてるわけじゃなくて——俺が人間観察がクセであるように、ぶたぶたさんは傍観者でいると一番都合がいいっていうか……」

「都合いい？」

「居心地というかー、座りがいいっていうかー——」

酔っているからなのか、綿貫はいくつも言葉を並べるが、なかなかしっくりこないらしい。

「わかんない……。何なの、それ」

「小説家なのにわかんないの⁉」

「小説家なら全部わかるわけじゃないよ！」

「あー、そういえば漢字も書けないしなー」

「手で書いてるわけじゃないから、忘れるんだよ！」

「忘れる以前に知らない漢字が多すぎるよ」

綿貫と遥の小学生並のケンカが激化していく中、泰隆は綿貫の意外な一面と、ぶたぶたに関する洞察を考えていた。

その時、新しい客が入ってきて、漢字話がますます盛り上がっていく。カウンターの客はいつの間にか寝ていた。起こすとお腹が空いたというので、カルボナーラを作ってあげようと厨房へ戻った。

玉子を割ったり、チーズをおろしたりしている間も、さっき言われたこととぶたぶたのことをずっと考えていた。

綿貫が自分のことを見抜いていたのは驚きだった。周囲にいる人が、自分のことをそんなふうに見ているなどと考えたこともなかった。

——こいつには熱がなくてなあ。

そのとおりなので、腹も立たない。モヤモヤしていたものが晴れた気分だった。

カルボナーラを出すと、他の客もどんどん頼みだし、ずっとカルボナーラを作り続けることになる。

「そろそろ帰る……」

結局またさんざん飲んでパスタを食べた遥が、ようやく立ち上がった。酒が飲めないのかと思っていたが、泰隆よりもずっとザルだった。

「目黒さん、カルボナーラおいしかった。なんか変わった味だけど、何入れてるの？」

「あー……魔法の粉です」

ぶたぶたがビスケットを作っている時のことが浮かんで、そう言ってみた。

「何それ！　ぶたぶたさんみたいなことを！」

「彼には負けます」

「いやいや、けっこういい線いってるよ。また作ってね」

「ありがとうございます」

綿貫が泣き真似をしている。

「おおう、俺はうれしい。見上がまた男に興味を持ってくれて」

「なっ、何言ってんのよ！」

スパーン！　と遥が綿貫の頭をはたいた。

「飲み過ぎだよっ」

そう言い捨てて、彼女は帰っていった。あんなに飲んだのに、貧血の時より足元がしっかりしている。

「目黒ぉ、あのガサツな女を見捨てないでくれ～」

この人は、本当に酔っているのかどうか怪しい。

「見捨てるも何も……拾ってもいないですけど」

「あいつ、失恋したとか何とか言って、ずっと男を寄せつけなかったんだ。いい奴だから、頼む～」

そんなことがあったのか、とちょっとショックを受けているのに気づいて、ハッとなる。

どっちにしろ、まずこっちが拾われていないだろ――と考えて、ため息をついた。

母とはなかなか連絡がつかなかった。

メールを出せば返事はくれるが、文面がとても素っ気ない。話をはぐらかされる。電話はいつも留守電だ。メッセージを入れても、かけ直してくれない。

明らかに避けられている。

惣田が言うには、

「混乱して、なかなか考えがまとまらないらしい」

軽く考えていた自分が一番悪い。

「ごめんな。俺もちゃんと話し合うようにお前にもお母さんにも言えばよかったんだ」

「英治郎さんは悪くないよ」

彼は昔、「我慢しないで言え」と忠告してくれていたのだから。だからこそ、心を痛めているのがつらい。

これは母と自分で何とかしないといけない問題だ。

でも、これ以上何と言えばいいのか、わからない。最初から全部正直に言ったら、ますます母を傷つけそうで怖かった。

誰かに相談したい——と思った時にやっぱり浮かんだのは、ぶたぶたの顔だった。

なかなか言い出せずにいたが、ようやく朝の仕込み中に切り出すことができた。

「相談？　いいよ。休みの日にでも」

「そんな……忙しいのに」

「いや、大丈夫だよ。そのかわり、おまけがいるかもしれないけどね」

おまけ？


休日に誘われたのは、図書館だった。

赤レンガで作られた古い倉庫を利用しているという広い図書館は、新築部分も加えられており、高い天井が印象的だった。

やっと来られた！　大量の蔵書に期待が高まる。

さっそく海外小説の棚で立ち読みをしていると、

「こんにちは」

と声をかけられた。

迷いもなく足元を見ると、ぶたぶたが立っていた。黄色いリュックを背負っている。

何が入っているのだろうか。

「こんにちは、ぶたぶたさん。今日はお休みのところすみません」

「いやいや。僕も来たかったから」

二人でささやきあうように話しながら、書棚を巡る。子供がぶたぶたを見ると騒ぎ出したりするので、隠れたりして。

「リアル『ぬいぐるみおとまり会』みたいですねー」

思わず言ってしまってから、失礼かなと思ったが、

「あー、知ってる。子供のお気に入りぬいぐるみを図書館に預けて、写真撮る奴だね」

と楽しそうな声で答えてくれた。

そのあとも子供たちから隠れたり、たまにちょっかいかけたりしながら、ゆっくり書棚を回る。

会社に勤めていた頃は、図書館に行く時間などなかった。本を読む時間もだいぶ限られていたから、読書量が減ったのだが、最近はまた増えてきた。

「東京は区立の図書館が多いですよね」

「うん。この区だけでも十五館あるよ」

「えぇーっ、実家のある町は少なくて、車じゃないと行けないところにありましたよ」

マンガ喫茶の方が近かった。

地図を調べたら、自分の家から歩いて三十分以内の図書館が五つもある。

「知らなかった……」

「隣の区の図書館も利用できるんだよ」

「そんなことできるんですか？　住んだり勤めてなくても？」

「そう。隣接してる区はたいてい利用できると思ったよ。ちゃんと調べないとくわしいことはわからないけどね」

それも知らなかった。

「借りられる冊数もけっこう多いしね。僕はいつも一冊か二冊くらいしか借りないけど」

リュックは本を入れるためか。あまり入れると歩けなくなるな。

でも、ここは図書館だから、話したりはできないのでは？　椅子が置いてあるけれど、あそこもおしゃべりしていい場所ではなさそうだ。

「喫茶コーナーがあるから、そこで話そう」

二人で一冊ずつ文庫本を借りて、赤レンガ倉庫の方にある喫茶室へ入った。

すでに店の人とも顔見知りのようで、やはり椅子に置くクッションを借りている。窓際の明るい席に着く。

「コーヒーがけっこうおいしいんだよね」

ぶたぶたのおすすめを頼むと、コーヒープレスに入ったものが運ばれてきた。荒く挽いた粉と熱湯を入れて、時間がたったらハンドルを下げて粉をプレスする。蒸らす時間で好みの濃さに調節できるが、フィルターを通さないので、少し粉っぽい。

「けど、これの方が味が濃い気がします」

滋味がある、といったら大げさか。

「こういうコーヒーを出したいって思うこともあるんだけど、何かやろうとすると何か削らなきゃでしょ？　料理は削れないし、値段も上げたくないし、となったら、妥協しないといけないところもあるんだよねえ」

鼻先を汚さないよう、上手にコーヒーを飲んで、ぶたぶたは言う。

「料理が変わるのは、困ります……」

「せめてランチの時だけ、とか思うんだけど、難しい……」

うむむ、とぶたぶたは腕を組んで、目間にシワを寄せる。顔文字のようだ。

「あっ、それで？　相談って何？」

「えーと……」

喫茶室には二人しか客がいなかった。まだ時間が早いからだろうか。都合を合わせて、午前中にしたから。

「母のことなんです」

ぶたぶたのシワがさらに深くなった。

「まさかお母さん、具合悪いの？」

「いえ、身体は大丈夫なんですけど、避けられてるみたいで、話ができないんです。でも、会えたとしてもどう話せば許してもらえるのかわからなくて……」

「わかってもらえる気がしない？」

「そうですね……そういうことです」

情けないことだ。

「うーん……目黒さんはどう言おうと思ってるの？」

「正直に全部言うしか思いつかなくて」

「どんなふうに？」

「……『心配させたくなくて優等生のふりをしてきたけど、もう母さんも再婚したし、好きなことをしようと思って会社を辞めた』って。

でもこれって、言ったら母が傷つきますよね？」

母のために自分を犠牲にしてきた、みたいに上から目線ではないか？　犠牲という気持ちはないのに……。

ぶたぶたの目間のシワが、ふっと柔らかくなる。

「傷つくというか、さらにショックを受けるかもね」

「そうですよね……」

気持ちが落ち込んでくる。

「それに問題なのは、『好きなことしようと思って』って言ってる俺に、そういうことがないことなんです」

ぶたぶたが「ん？」と言うように首を傾げる。この時、耳が揺れるのがかわいい。

「具体的にやりたい何かです。目標とか夢とか……」

「目標、夢ね。——それがなくちゃ辞められないと考えてるわけじゃないんでしょ？」

「それはないです。身体も不調気味でしたし」

「お母さんに具体的なことを言えないのが心苦しい？」

「……そうかも」

俺、言い訳を考えてただけ？　そういうことか？

「過去は変えられないんですものね……」

「いやいや、取り返しのつかない過ちを犯したわけじゃないでしょ？　細かいことは知らないけど」

「過ち……。いや、そういうことはないです。失敗ならいろいろありますけど、取り返しのつかないほどじゃないと思います」

多分。何か重要な見落としがなければ。

「でも、考えなしだったからな、俺……」

思わず頭を抱える。

「さっき目黒さんが言ったことは、お母さんわかってると思うよ」

「そうですかね？」

「うん、多分。ただ、ずっと我慢させてたのかっていうのが気になってるんだと思う」

「会社を辞めたことを責めてましたけど……」

「でも、〝こむぎ〟に来て、目黒さんが『楽しそうだった』っていうのを聞いて、倒れちゃったんだよ。お母さんはどっちかっていうと、自分のことを責めてるんじゃないかな？」

「そんなこと考えなくてもいいのに……」

惣田がいるから、もう母は息子のことをあまり気にしないと思っていたのに。

「二人ともおんなじようなこと考えてるみたいだから、そこに話し合いの余地があるんじゃないかな？」

「どう切り出せばいいのか……」

「まずは、『我慢してたわけじゃない』っていうことをちゃんと伝えることじゃない？親として――大人と子供じゃ、最初から負い目があるのは大人の方だよ」

親として――。

母は離婚しているから、それを泰隆に対して申し訳ないと思っていたのだろうか。あまり家に寄りつかなかった父親のことなんて、ほとんど考えなかったから、忘れていた。

「まだどう言えばいいのか、まとまってないけど……なんかちょっとわかった気がします」

「まあこれは、小さいってだけで罪悪感を持たれても困るっていう僕の実感でもあるよ」

「あ……でも、そうかもしれません。あっ、ぶたぶたさんのことじゃなくて、俺も母が離婚した時、子供だったから」

あの頃は確かに守られるべき子供だったけれど、自分で考えてやったことなのだ。幼いながらも母を思ってやったことを、後悔などしない。

「けど、話半分に聞いといて」

一応うなずいておいたが、子供よりも小さいこの人に言われてわかるとは、ほんとに俺はどうしようもない。

でも、少し気分が楽になった。


駅まではぶたぶたと一緒に帰った。

「ごめんね。お昼を一緒にできなくて。待ち合わせがあるんでね」

「そういえば、おまけがどうこう言ってましたけど——」

「早い時間に会えたから、おまけはついてこなかったんだ」

どういうこと？

改札口のあたりで、ぶたぶたが手を振る。

「お待たせ〜」

それに応えるように視線を低くして手を振り返した女性が一人。三十代くらいのスラッとした美人だ。

誰？

「あ、こんにちは」

彼女は泰隆にも頭を下げた。

「こ、こんにちは……」

あわてて挨拶を返したが、やっぱり誰？

「こちら、綿貫さんの方で働いてる目黒さん。目黒さん、うちの家内です」

……は？

「え？　あ、ちょ……」

頭が真っ白になった。

「主人がお世話になっております」

うふふ、と奥様っぽく笑う。何か言おうとしても、口が動かない。

「お父さん、目黒さん固まってる……」

おっ、お父さん⁉　ますますどういうこと⁉

「言ってなかったの？」

「ああ、そういえば特には……訊かれなかったし」

普通訊かないだろっ！

と心の中で突っ込んでみて、多少呪縛《じゅばく》が解ける。

「ぶ、ぶたぶたさん……結婚してたんですか……」

「うん。ちょっと事情があって、今離れてるんだけど。引っ越すことになったから、これから区役所に行こうと思っててね」

ぬいぐるみでも、ちゃんと役所に届け出るんだ……。

「あの、先程お父さんっておっしゃってましたけど……」

この際、何でも訊いてやれ、という気分になる。はっ、でも奥さんに訊くのは図々し

かったか⁉

「ああ、子供もいるよ。今日は学校だけど」

平日だった。学校に行っている子供か……。ほんとに彼はいくつなんだろう？　世の中には、まだまだ不思議なことがたくさんあるんだなあ――。

じゃなくて！　そもそも子供って？　奥さんはどう見ても人間だしっ、役所に行くっていったら何か手続きをするわけだよね？　ぬいぐるみの手続きって？　いや、やっぱり子供のことを――！

思い切って訊こうかと思ったが、夢（何の夢？）が壊れる気がして、踏みとどまった。

「あっ」

その時、背後で聞き憶えのある声がした。

振り向くと、遥が立っている。でも、様子がおかしい。

「見上さん……？」

泰隆の声に、ぶたぶたの妻が振り向く。

あれ、泣いてる……？

そう思った瞬間、遥は何も言わず、背中を向けて走り去った。

「どうしたの?」

ぶたぶたは気づかなかったみたいだ。

「今、見上さんがいたような……」

妻は彼女のことを知らないのか、首を傾げている。

「見間違いだったのかな……」

見間違いではなかったが、そう言っておく。

どうして遥は、突然泣きだしたのだろう。

7

そういえば、遥の家は知っているけれども、電話番号やメールアドレスは知らない。最近は朝すれ違う時に立ち話くらいするが、接点はそれくらいだ。

店に出る前、アパートへ寄ってみた。チャイムを鳴らしても、反応がない。ポストにメモでも入れておこうかと考えたが、文面が思いつかず、そのまま帰るしかなかった。

何が「何でもそつなくこなしていた」だろうか。聞いてあきれる。最近は、何をやってもうまくいかない。

仕事中もそんなことを考えて、ため息をついてしまう。もちろん客がいない時に、ひっそりと。

「どうした？」

しかし、綿貫に目ざとく見つけられてしまう。

「あ、いえ……」

「遠慮しないでよー、心開いてよー」

この人は、ふざけているのか、それとも何か別の目的があるのか。今度、千秋に訊いてみよう。

「いや、自分がこんなに不器用とは思わなくて」

「いやいや、最初から器用な人はいないでしょ？」

「そりゃそうですけど」

「中にはそういう人もいるけど、圧倒的に少ないはず。そうじゃなきゃ、俺ら凡人は生きていけないよ」

昔はあまり意識していなかったが、この人って演説好きなんだなあ、とぼんやり考える。

「お母さんのこと？」

「まあ……そうです」

それだけではないが、それはなぜか言いたくない。

「悩むなら、何か行動を起こしちゃうのも手だよ」

「割と計算通りに動いて今まですんでいた人間なんですよ、俺は。だから、計算できない行動は怖いです」

「怖い気持ちを悩んでごまかす」

「ごまかしてるつもりはないですけど、先延ばしにしてますね」

不毛な会話だ……。

「悩めるのは若い証拠だよ！」

「……綿貫さんもまだ二十代ですよね？」

「いや、これはぶたぶたさんが言った言葉だ」

ぶたぶたが？　それは綿貫には悪いが、何だかありがたく感じる。

「ぶたぶたさんが言うには、

『年取ると、悩んでる時間がなくなるよ』

だとさ」

「忙しくて？」

「そういう物理的なこともあるみたいだけど、悩んでるヒマもなく行動しなきゃいけないことがどんどん出てくるんだって。やることも決めることも多いし、時間が過ぎるのも速くなるし。

でも、ちゃんと若い頃に悩んでないと、いざという時に何もできなくなっちゃうから、悩める時間があるだけ、いっぱい悩んどけって」

自分はこれまで悩まなかった分だけ、今悩んでいるんだろうか。

「ぶたぶたさんはそれを誰に言ったんですか？」

「もちろん俺にだよ」

「綿貫さんに？」

泰隆は言葉を飲み込む。

「言いたいことはわかるがな、俺だって悩みくらいあるんだ！」

こっちもわかっているけれど、つい笑いがこみあげる。

「だから、行動しろ。会いたいなら、実家に行ってくればいいだろ？」

ドキッとしたが、

「母の方——母に会いに行く、か」

「そうだよ。お前も実家に帰ってないだろ？」

「帰ってないですね」

母が再婚してから、一度も。

「明日、土曜日だから、行ってこい」

何も言わずに、行ってみよう。電話やメールで逃げられるのなら、不意打ちをしてみよう。


早めに店を上がり、少し眠ってから、実家を目指した。

そんなに離れてはいない。電車の本数が東京ほど多くないけれど、二時間もあれば着いてしまう。

二度と同じことをくり返さないために、言うべきことを頭の中で整理する。

会ったとたんにまた取り乱された場合のシミュレーションをする。でも、あまり興奮させて、また倒れてしまっても困る。

ぶたぶたは、ある意味最強だ、と思う。彼は一瞬にしてその場の空気を止めるのだ。

会ってまもなくは、姿を見て、動いているのを見て、しゃべっているのを見て、食べて飲んでいるのを見て——と何でもびっくりして、みんなが思考を止める。

あの時、母がぶたぶたをちゃんと見なかったのは返す返すも惜しかった。我に返って、話し合いができたかもしれない。

——もっとも、本格的に倒れてしまう場合もありそうだが。

駅からタクシーに乗って、実家を目指す。泰隆にもなじみ深い惣田のマンションだ。今は母も一緒に住んでいる。

鍵は持っているが、一応チャイムを鳴らす。

反応なし。

続けての敗北はヘコむなー、と思いながら、鍵を使うのは最後の手段にして、何度かチャイムを押し続ける。

土曜日なので、もう出かけたのかと思った時、インターホンが反応した。

「はい……」

惣田の声は、とても眠そうだった。寝ていたのか。

「朝早くごめん。泰隆です」

「え……あ、ちょっと待って」

ドアはすぐに開いた。ボサボサ頭の惣田が顔を出す。

「どうしたんだ、電話してくれたらよかったのに」

「電話すると、母さんに逃げられると思って」

惣田はそう言われて目が覚めたらしい。

「今起こしてくるから」

と泰隆を玄関に入れた。

少し模様替えされたリビングで所在無げに立っていると、惣田が戻ってきた。

「お母さん、いない」

「え？」

「さっきはあわてて起きたから気がつかなかったけど、お母さんは寝てなかった。出かけたみたいだ」

「どこに？」

「わからん。昨日はどこかに行くとか言ってなかったけど……」

「黙って出かけることあるの？」

「いや、今まで一度もなかった」

泰隆にも憶えがない。母は人にはうるさくなかったが、自分の予定は几帳面に伝えるのだ。

「置き手紙とかあるんじゃないの？」

台所とダイニングを探したが、何も置いていなかった。近所へ買い物に行く時に持っていくバッグがなくなっていて、服もスーツなどではなく、普段着に着替えているらしい。

「どこ行ったんだろう……」

電話をしてみたが、相変わらず出てくれない。というか、電源が切られている。これでは惣田の電話にも出ないではないか。

「何かあったのかな」

「何かって何？」

「いや、ちょっとだけ買い物に行こうとかでコンビニに行った時に何か……」

そんなこと想像もしたくないが、まさかそうなのか？

「病院とかに問い合わせた方がいいかな」

惣田はかなりうろたえている。

「メールは入ってないの？　英治郎さんとこに」

確かめても何もなかった。もちろん泰隆の方にもだ。

「友だちのところに連絡をしてみるか」

惣田がタンスの引き出しを引っかき回している間に、自分のケータイにメールが入る。

母からか⁉　と思ったが、違った。なぜかぶたぶたからだった。

仕事中なのに、メールをくれるなんて珍しい。


目黒さんのお母さんが、店に来てるよ。


文面を見て、目を疑った。

「えっ⁉」

泰隆の大声に、惣田が年賀状の束を取り落とす。

「どうした、泰隆⁉」

「これ！」

ケータイを見せる。

「え、で、どこにいるの？」

「店だよ。〝こむぎ〟にいるんだよ。帰る！」

「待て、車で行こう。その方が早い」


実は車を使うと、一時間くらいで行き来できる。しかし、東京で車を持つのはなかなか面倒なので、しばらく運転もしていない。

「そんなに急がなくても――」

多分、大丈夫。多分。だってぶたぶたの店だし。母は彼と対面したのかしないのか。しかし惣田はぶたぶたのことを知らないので、スピードを出しがちになってしまう。その都度《つど》、声をかけて抑える。

「だって、この間倒れたのに」

心底心配そうだった。泰隆は、この人が本当の父だったらよかったのに、と小さくため息をつく。

「まだ母さん、店にいるよ」

ぶたぶたがこまめにメールをくれるのが申し訳ない。


忙しいのに、本当にすみません。

急いでそう返事を打つと、

今は朝食が落ち着いたところだから、気にしなくていいよ。これから十一時半くらいまでは割とヒマな時間帯です。


もうすぐ十時半になろうとしていた。そろそろ着く頃か？

店にいる母は、何か食べたのだろうか。それとも、何か別の目的でもあるのか？

綿貫を待っているとか？

おそらくあそこが昼と夜で違う店になることは知らないはずだ。待っているのだろうか、彼を。

先走っても仕方ないので、とにかく母がぶたぶたに迷惑をかけていないかだけ確認する。

母はちゃんと注文してますか?

ジリジリと返事が来るのを待つ。

「そろそろだぞ。先に降りて、店に行ってる? 車を駐車してこないとだし」

「うん」

顔を上げると、本当にもうなじみのある通りを走っている。

スープとオムレツとテーブルパンを食べてたよ。飲み物はおかわりしてる。

何時くらいからいるのか、というのは訊けなかった。

車を降り、走って店の前まで行く。母の姿はすぐにわかった。窓際の席にうつむいて座っている。

店に着きました。前にいます。もう少ししたら入りますね。

ぶたぶたにメールを打ってから、離れたところで母を見つめる。肩をすぼめて座っている様子に、何だか涙が出そうだった。昔、一人で声を殺して泣いていた背中を重ねてしまう。

あんなふうな姿にしてしまったのが、自分だと思うと――実父と自分が親子であることを否が応でも実感してしまう。

いったい何をしていたんだろう、俺……。

「泰隆」

惣田の手が肩に置かれた。

「行ってこい」

「英治郎さんは？」

「俺はここで待ってるよ」

彼の真意はよくわからないが、「二人でゆっくり話してこい」ということだと勝手に解釈する。

「ごめん。じゃあ、行ってきます」

店に入ると、麻子の「いらっしゃいませー」より先に、母が顔を上げた。泰隆の顔を見て、目を丸くする。

「おはよう、母さん」

何を言おうかと車中で考えていたが、冷静になろうと心がけたら、これくらいしか出て来なかった。

母は何も答えなかった。またうつむいてしまう。テーブルの上には、半分残ったコーヒーと焼き菓子の皿があった。

泰隆が向かい側に座ると、おずおずと目を上げた。

「泰隆……」

「何？」

「あなた、ここで働いてなかったの？」

「……は？」

何やらまぬけな声が出る。

「ここで働いてるって……厨房にいるって言ってたから、オムレツを食べたんだけど」

意外なことを言われて、言葉が出てこない。

「とってもおいしいオムレツだった。あんまりオムレツは作ったことなかったけど、こんなに上手になったんだって、お母さん、感動してたんだけど……あなたが作ったんじゃなかったの？」

一瞬、母の勘違いに乗ろうかと思ったが、それはぶたぶたに失礼だし、だいたいこんなふうに現れるのは不自然だ。さっきまで厨房でオムレツ作ってたけど、わざわざ着替えて表から入ってきたって——そんなことやる必要がどこにある？

「うん。あの、この店は、名前は同じなんだけど、昼と夜でやってる人が違うんだ」

「まあ、そうだったの。……勘違いしてたんだね」

母が恥ずかしそうに目を伏せる。

「道理でこの間の人がいないと思った。綿貫さん、だっけ？」

「そう。夜のダイニングバーをやってるのがその人で、俺はそっちの厨房をやってる」

「迷惑かけたから、謝らなくちゃと思ったの。それに、あなたともちゃんと話さないといけないし……。今朝、眠れなくて布団の中でずっとそのこと考えてたら、いてもたってもいられなくて、黙って家を出てきたの」

何てことだ。さすが親子というべきか。同じようなことを考えていたとは。

母に似ている部分もあってよかった、と泰隆は思う。

「ほんとは、外で待ってようと思ったの。あなたか綿貫さん、どっちかにでも会えればって思って。でも、おいしそうな匂いがするし、お腹も空いてたから……つい入っちゃった。モーニングのお店なんて、面白いね」

母は店の中を物珍しそうに見回した。窓辺の花を見て、目を細める。

「でも、あんまり食べられなかったから、ちょっと残念」

照れくさそうに笑う。

「綿貫さんには、また改めて謝罪にうかがうわ。それに……あっ。じゃあ、この間騒いだ時は朝だったから、もしかしてこのお店をもうやってたの？」

「うん。あれは、夜からの帰りだったから」

「じゃあ、このお店の人にも謝らなくちゃ……でも、仕事中じゃ迷惑よね……」

母のしゅんとした姿に、泰隆はホッとする。これが、いつもの母だ。

「あとで一緒に謝ろう」

「そうね……。泰隆にも……ごめんなさい」

母はぺこりと頭を下げた。

「あんなになっちゃって……自分でも怖かったわ」

「いや……黙ってた俺のせいでもあるし」

母は首を振った。

「あなたのせいじゃない。お母さんが悪かったのよ」

店は、ぶたぶたが言ったとおり空いていた。窓際の端の席だし、大きな声で話さなければ他の客にも聞こえないだろう。

「期待に応えようと、子供のあなたに無理をさせていたんだよね……。それに気づいてあげられなくて、つらい思いをさせてごめんなさい」

その時、泰隆はぶたぶたが言っていたことを思い出した。

「これは、小さいってだけで罪悪感を持たれても困るっていう僕の実感でもある」

　母の言葉に、大声で反論しそうになるのを、かろうじてこらえた。

「無理なんかしてないよ」

「でも……あの会社は、入りたくて入ったわけじゃないんでしょう？　大学だって
……」

「心配かけないようにガキなりにやっただけのことだよ」

「心配かけたのは……お母さんだし」

「子供だってできることをするくらいはできるよ」

　自分でも何を言っているのかよくわからないけれど、何とか言葉をつないだ。

「できることは、無理でもつらいことでもないんだよ、母さん」

　転校してそれまでの友だちと別れなければならなくなったが、新しい学校がつまらなかったわけではない。楽しいことだってたくさんあった。

　友だちとのつきあい方は変わったかもしれないが、環境が変われば子供なんだからすぐに影響されるはず。それに、友だちができなかったわけじゃない。今でも連絡は取っているし、たまに会う。

むしろ会ってないのは、それ以前の子たちだ。いや、単純に小さかったからつながりが絶たれただけだろうけど。

「それにやっぱり俺、やりたくないことはやらなかったと思うよ」

いやなことは、ちゃんといやと言った子供だった。何に対して言ったか、自分も母も忘れているだろうが、無理してためこむような殊勝な子供ではなかった。

「俺は、やりたいことを見つけようと思って会社を辞めたんだけど――」

母は顔をこわばらせた。

「それは、別にやりたくないことをやってたからじゃないんだ」


――こいつには熱がなくてなあ。


綿貫の言葉を思い出す。

「ただ、ちょっと何かを変えたかっただけなんだよ」

ちょっとなのか、それとも大きくなのかは、これからわかることだ。

母はこわばらせた頰をゆるめ、涙ぐんだ。

今までのことを全部正直に母に言うことが一番いいのでは、と思っていたが、それは今の自分も否定することだ。昔の自分が偽者というわけじゃない。

みんなつながっているのだから、どっちも本当なのだ。

母が離婚したことで、惣田に出会えたように。泰隆が会社を辞めたことで、ぶたぶたや遥に会えたように。

「それでも、安心できない？」

「安心は……ずっとできないと思うけど」

ぶたぶたの言ったとおりだ。でも、彼もお父さんだから。

「お母さんは……あなたのことばっかり考えなくていいのかな？」

「うん。英治郎さんのことを、もっと考えてあげてよ」

母は、ちょっと赤くなってうつむき、

「そうね」

と小さな声で言った。

「英治郎さん、外で待ってるんだよ」

「えっ、そうなの？」

窓の外をのぞきこむ。

「あら、ベンチに座ってる」

驚いてよく見ると、ちゃっかり外のベンチに座って待っている。

「家に行った時、まだ寝てたよ、あの人」

「じゃあ、朝ごはん食べてないの？」

「うん。そのまま車運転してここに来たから」

母はいったんうなずいたが、急に向き直った。

「うちに行ったの!?」

「あー、うん……。避けられてるから、急襲して話そうと思って」

母の笑い声が響く。

「おんなじようなこと考えてたんだー。変なとこですれ違ったね」

二人で久しぶりに笑い合った。昔は二人だけだったから、こうやって笑っていた。

今は、他にも笑い合える人がいる。

「呼んできて。何か食べましょう」

そうだ、ランチ！　今は待望のランチタイムだ。

英治郎を呼んで、テーブルを囲む。

少し客が増えてきた。お昼に近くなってきたからだ。

ずっと席を占領しているので、本当は別の店に行くべきだとはわかっているのだが、

「ランチタイム限定で、ホットケーキがあります」

これ！　ずっと食べたかったホットケーキ！

「プレーン以外に、トッピングにバニラアイスクリームと生いちごソースとりんごカスタードが選べます」

麻子の説明に、惣田夫妻は目をパチクリさせている。

「英治郎さん、何にします？」

「え、どうしようかな……」

彼は甘いものが大好きなので、けっこう迷っているらしい。

「ホットケーキは約二十分程度お待ちいただきます」

「え、どうして？」

メニューから顔を上げて、惣田が麻子にたずねる。

「厚みがあるので、じっくり時間をかけて焼くんです。なので、それくらいのお時間をいただいてます」

「おいしそうですね」

惣田はうれしそうにうなずく。

「ここはずっと朝食カフェなのね？」

母が泰隆に言う。

「そうだよ」

「ランチの時はランチっぽいメニューになるのかと思ったわ」

「午後二時に終わりますけど、それまで朝食メニューが食べられるんですよ」

麻子の説明に、母は感心したようだ。

「ごはんじゃなくていいの？」

母が惣田に小声で訊く。

「いや、いいよ。ホットケーキなんてしばらく食べてないし、厚いっていうなら食べてみようかな。お腹もふくれそうだし」

「俺もホットケーキにする。プレーンの」

「あたしもそうしようかな……。ランチ限定だし」

「さつきさんは限定ものに弱いよね」

「そうなんだよね～」

楽しそうに笑う母と惣田を向かい側から見つめて、自分にこんな思い出があったかと掘り起こそうとしたが、やめた。それはまたいつか、実父のことを考えなくてはならない時にすることだ。

「じゃあ、プレーンのホットケーキを三つください」

「シングルですか、ダブルですか？」

「ダブルで！」

惣田は小声で「トイレットペーパーみたい」とつぶやいていたが、

「ダブルで」

と迷いもない。

「あたしはシングルにしてください」

麻子はにっこりして厨房へ下がっていった。

ぶたぶたは全然出てこないが、厨房にいるんだろうか。さっきは緊急だったからメールを交わしたが、今はさすがにできない。

ホットケーキができる間、母と惣田に夜の〝こむぎ〟のことを話した。酔っぱらい各種や、この街ならではの特殊な人、泰隆が開発したメニューや、大学時代から現在の綿貫夫妻伝説などなど。

「今度行くからね」

「うん。綿貫さんにも言っとく」

「ほんとに泰隆、楽しそうね……」

母にしみじみ言われて、

「そうだね」

としか返事ができなかった。

今が楽しいから、あるいは楽だからといっても、それが一生続くわけではない。そういう不安を抱くことも、泰隆はしてこなかった。いや……ずっと無意識に逃げていただけなのか？

ハッ！　不安から逃げずにたくさん悩んでおくと、不安が現実になった時、悩む前に行動ができるということ？　ぶたぶたの言葉は、そういう意味なの？

しかしあれは、綿貫からの又聞きなのだった。今度本人から説明してもらおう。

「お待ちどうさまでした～」

麻子がホットケーキを運んできた。

「わー！」

思わず声が出る。それほどインパクトがあった。

五センチほどの厚みのホットケーキがドーンと二枚重ね。てっぺんにバターが載っている。

それだけだが、ビジュアルは最高だ。惣田がケータイを取り出して、写真を撮っている。撮りたくなる気持ちがわかる。というか、他の席でも撮っているではないか！

「うわー、こんなホットケーキ、マンガみたい！」

母の声もうれしそうだ。

「こんなふうに焼けるのね～、すごい～」

「切るのがもったいなく思えるねえ」

何だか子供のようにはしゃいでいる。ホットケーキって、大人を童心にかえらせる魅力がある。

いくらなんでもそのままかじるのには大きすぎるので、渋々ナイフを入れる。パンケーキよりもさらにカリカリの表面。香ばしい香りと湯気が立つ。

生地がふわふわなので、切るのがちょっと難しい。力まかせだと、つぶれてしまう。慎重にナイフを進めて、気泡をつぶさないように切り分ける。

メープルシロップは朝のパンケーキと同じものだが、もしかしてこちらの方が合うかも。生地にじゅわっと染み込み、バターと小麦とシロップが全部混ざり合うのだ。

表面と中のスポンジを別々に食べると、また違うものを食べているような気分になる。

「ああ、なんか思い出すわ〜、泰隆が小さかった頃、好きだった絵本」

「何？」

「『ぐりとぐら』」

「あー、それは俺も好きだった」

惣田がホットケーキから目を離さずに言う。

「そんな昔からあるの⁉」

「失敬な。そんなに年寄りじゃないよ」

文句を言いつつ、食べ続ける。

「あのカステラを食べたがってしょうがなかったのよね」

「俺も食べたかったなー。ぺたんこのホットケーキでごまかされた」

「そうなのよー、パッケージの写真どおりにならなくて、だいぶ失敗したの。泰隆も焼いたよね。ホットプレートで」

「うん、憶えてる」

「市販の粉でも、何とかホテルの奴だとけっこうふくらむのよ。ちゃんとやればね。でも、大変なのよね――」

その頃は、一人で泣いていた時もあったのに。今こんなに楽しそうに話してるなんて。

母は気づいているんだろうか。

それとも、気づかないほど、今幸せなんだろうか。


結局、ぶたぶたは出てこなかった。

忙しいから仕方ないし、母に紹介して大騒ぎされたら――もうしないと思うのだが

――大変だし。

いや、もしかして惣田がびっくりして倒れたりとか。

あまり物騒《ぶっそう》なことは考えないようにしよう。二人ともまだ若いけど、長生きしてくれないと困る。

「英治郎さん、お腹はふくれた？」

「けっこういっぱいだよ。粉物はあとでふくれるからね。いい店教えてくれて、ありがとうな泰隆」

「他のいい店も、今度教えてもらいましょうね」

惣田と母はニコニコと笑い合っている。何だかちょっとうらやましい。

「じゃあ、帰るから。身体に気をつけて。飲み過ぎるなよ」

「たまには帰ってきてね」

「うん、わかった。運転、気をつけて」

コインパークへ向かう二人の後ろ姿に手を振っていると、

「目黒さん」

と声がかかった。

「あ、ぶたぶたさん」

　やっと会えた。

「メール、どうもすみませんでした」

「いや、大丈夫。一人じゃなかったし、割と楽な時間帯だったから」

　ぶたぶたが教えてくれなかったら、今でもすれ違いだ。

「うちの親にも紹介したかったんですけど――」

「いや、出てってややこしくなるのもなんだなあ、と思ってねえ」

「世話になりっぱなしで、すみません……。どうやって恩返しすれば――」

「大げさだなあ。じゃあ、これを配達してくれるかな」

　ぶたぶたがビニール袋を差し出す。

「何ですか？」

「見上さんへのデリバリー」

「あっ、ついに頼んできたんですか？」

「そう。もう忙しい時間帯だから、手伝ってもらえるとうれしい」

「はい、もちろん」

ぶたぶたの頼みな上に、遥にも会える。

「じゃあ、冷めないうちに届けますね」

「うん、お願い」

「あ、ぶたぶたさん」

「はい？」

泰隆は、ついに我慢ができず、ぶたぶたの鼻についた小麦粉を手ではたいて取ってあげた。

ぽふぽふとした手触りが気持ちよかった。ちょっとだけ白い粉が舞い上がる。

「あ、払ってもすぐついちゃうから」

「すみません、痛かったですか？」

「ううん、ありがとう。じゃあ、よろしくね」

ぶたぶたは短い手をせわしく振って、店へ戻っていった。

遥のアパートへと歩き出した時、遠くから惣田と母がこっちを凝視しているのに気づいた。

あの顔――ぶたぶたと話しているのを見てたのか。

戻って今説明しようかどうしようか迷ったが、デリバリーの方を優先することにした。ケータイを取り出し、母にメールを送る。

すぐに届いたメールを、二人がのぞきこんでいる。結局こっちに来ないまま、またコインパークの方へ歩き出した。

ホットケーキ焼いたの、あの人だから。

というそっけないメールに、二人がどう納得したかは知らないが。

8

チャイムを鳴らしたが、やっぱり返事がない。

ドアノブを回したら、開いていた。

「お邪魔します」

まったく無用心だなー、と思いながら、靴を脱いで勝手に部屋へ入る。

奥の六畳間の畳の上で、遥は寝っ転がっていた。

「起きてますか？」

「起きてる」

「何で畳の上で寝てるんですか？」

「涼しいから」

暑い時に畳の上で寝転ぶのは、もう遠く記憶の彼方《かなた》だ。今の子供は経験自体がないかもしれない。

「〆切だったんですか？」

「ううん、違う」

「それは残念です」

実は、もうほとんど読んでしまったので、新刊を楽しみにしていた。

ビニール袋から紙袋を出して、テーブルに置く。

「冷めちゃいますから、食べてください」

そう言うと、のっそりと起き上がった。にじにじとテーブルに這い寄り、紙袋を開ける。

「今日は何を頼んだんですか？」

「パンケーキとスクランブルエッグとベーコン、トマト。豆サラダとコーヒーとブラウニー」

母も食べていた。めったにないという焼き菓子——買っておけばよかっただろうか。

遥がパンケーキに玉子とベーコンとトマトをはさんで、モソモソと食べ始めた。

「昨日、会いましたよね？」

もぐもぐと咀嚼《そしやく》し、コーヒーを飲んだあとに、

「図書館に行こうと思ってたの」

「俺たちは図書館からの帰りでした」

「そうなんだ」

またもぐもぐ。

「何で泣いてたんですか？」

「……泣いてないよ」

そんなすぐわかる嘘を。

「泣いてましたよ」

「……泣いてたね」

まるで、ひとごとのように言う。

「そんなに訊きたい？」

「うん、訊きたいです」

遥はため息をついて、パンケーキを置いた。

「思い出すのよ、昔のことを」

「……綿貫さんが言ってた『失恋』のことですか？」

「まあね」

やっぱり。

「でも……どうして俺を見て泣いてたんですか？」

遥は目を見開いた。

「……は？」

その様子に、泰隆は内心うろたえる。

あれ？　何か失敗した？

「ちょっと待って。あたしは確かに泣いてたけど――」

いや、外に漏れなければセーフだ。今こそ長年培《つちか》ったスキルを使うべき時。

「目黒さんを見て泣いたわけじゃないんだよ」

あー、そうですか……。

「そうだったんだー」

ちょっとした勘違いに見えるくらいにはなっただろうか。

「じゃあどうして？」

ズカズカと訊くことにも慣れていないので、訊くとなるとヤケクソ気味になる。

「ぶたぶたさんを見て泣いたんだよ」

「ぶたぶたさん？」

「あるいは、ぶたぶたさんの奥さんね」

ちょっと待て。

「『失恋』って、さっき――」

「言ったよ。失恋したんだよ、ぶたぶたさんに！」

……そんなに大きな声で言わなくても。

「そ、そうだったんだ……」

「ううっ……」

わー、泣きだした！

「どうせどうせ……バカにしてるんでしょ、あんたも……」

泣きながらパンケーキをガツガツ食べ始めた。

「バカにはしてませんけど……」

するも何も、驚くばかりなのだが。

「あんなきれいな奥さんがいるなんて……」

泣きながら食べて、さらにいろいろ言うとは器用すぎる。

「独身だったら、あたしと結婚してくれたかな……！」

豆サラダを口いっぱいに頬張って、ほとんど噛まずに飲み込んだりする。

「ちゃんと食べないと、お腹壊しますよ！」

「あんたも腹立つ！」

「何で⁉」

「そんなにあたしが年上ってことを言いたいの⁉　いつまでも敬語でー、お客さんだからって別にもういいのに〜！」

嗚咽《おえつ》を漏らしながら、ブラウニーを丸ごと口に入れ、コーヒーをグビグビ飲む。

案の定、喉につまらせた。

「ほら、言っただろ！」

めんどくさいので敬語はやめて、背中をさする。

「玄関の鍵も閉めないし、ヤケ食いして喉につまらせるし……死にたいの？　酔ってるの？」

反論できない状態なのをいいことに、好き勝手に言ってみる。

ようやくつまったものを飲み込んだ。

「ああ、死ぬかと思った……」

「死にたいわけじゃないんだね」

「いや、今死にたくなった……」

「何で!?」

「だって……今まで誰にも言わなかったのに……」

また泣きそうになっている。


「ぶたぶたさんがこの街に初めて来た頃に、出会ったんだよね」

と遥は思い出話をし始めた。

「食いしん坊話ばかりしてて……二人とも食べることが好きだったから。そのうち、朝食カフェの話になって、いろいろ話していくうちに、どんどん具体的になっていくのが面白くてねー」

きれいにランチを平らげた遥は、お茶をいれてくれた。今日は中国茶だ。花の香りがするが、これがこの茶葉自体の香りなんだそうだ。すっきりしていて、飲みやすい。

「あたし、お茶いれるの得意だったから、もうすっかり二人で朝食と紅茶専門店をやるって頭の中で組み立ててて——具体的なメニューなんかも決めてねー、楽しかったなあ、あの頃は」

「小説はその時書いてたの？」

「書いてたけど、あんまり売れてなかったから、もう転職しようかとか考えてたんだ……。歳から考えると、早い方がチャンスあるし……。

そういう状況でぶたぶたさんに出会ったから、

『二人でお店やればいいいんじゃん！』

っていう妄想で頭いっぱいになっちゃって……。

ぶたぶたさんと二人で、楽しく小さな店を切り盛りしていけたら、幸せだなあって、毎日思ってた」

思い出したのか、ちょっと涙ぐんでいる。

「でもある日、ぶたぶたさんのケータイのぞいたら、待受画面が女の人と子供なの見つ

けて、

『誰なの？』

って訊いたら、

『妻と娘たちだよ』

って言われて……」

「子供さん、一人じゃないの⁉」

「そっち⁉」

申し訳ないけど、そっちの方が気になる。

「娘さんが二人いるんだよ」

律儀《りちぎ》に答えてくれた。

「で、その時あたし、すごいショック受けてね……。初めて自覚したの。ぶたぶたさんのことが好きだったんだって。ただかわいいって思ってただけじゃなくて」

妻が実際にいるんだから、恋い慕う気持ちは理解できる。泰隆だって、恋とはまた違うだろうが、彼と家族になれたら幸せだろうとは思う。

理解できるが、男と女では微妙に違うのかもしれない。

「でも、妻帯者だし、どうにもできないでしょ。告白も何もしてないけど、失恋よ。そしたら、お店のことにも意欲がなくなっちゃった……」

「え、ほんとに共同でやるつもりだったの？」

「その段階では、おしゃべりの延長って感じで、『できたらいいね〜』くらいだったの。でも、あたしが後ろに引いたら、ぶたぶたさんはどんどん現実的に考え始めて、お金も集めてきて——あたしが手伝わなくても、あの店を一人で出しちゃった」

遥はくすん、と鼻をすすった。

「どっちにしろ、紅茶を専門的に出すのは経費の問題から無理だったかもしれないんだけどね……。削るとしたら、ぶたぶたさんの料理の方はありえないでしょう？」

「それでも、一緒に店をやることはできたんじゃない？」

「そんな！　あたしはMじゃないんだよ。何を好んで失恋相手のいる店で働けますか。ましてや店員じゃないんじゃあ、辞められないし」

遥は、ガバッとお茶を飲み干し、急須にまたお湯を注いだ。どんどんおかわりをついでいく。

「そういうことで、あたしはその時の鬱憤《うっぷん》を小説に書いてみたの。そのままじゃなくて、いろいろいじったら、全然違う話になったけど、言いたいことは全部入れた。そしたら、それがけっこう売れてねー。仕事が入ってくるようになったのよ。それで、今に至る——ってこと」

そういうことだったのか。

「そういえば、最初に会った時、店の開くずいぶん前から待ってたけど——」

遥の顔がちょっと赤くなる。

「あれは、ああしないと二人で話す機会がなかなか持てなかったから。わざわざ『朝帰りしてベンチで休んでます』って体《てい》でさー……。友だちとしか思ってなかった頃なら、平気で自分から連絡できたのに……情けないねー」

そう恥じるような口調で言った。

「はー……何で奥さんより早く出会わなかったんだろう……」

心底無念そうな声で、遥は嘆く。

「ぶたぶたさんって——ある意味モテるのかな？」

「そりゃかわいいもの！　いろんな意味でモテるよ。みんな彼のことは好きになるよ。

目黒さんだって、好きでしょう?」

「うん。けど……何だろう。みんな好きなんだろうけど、それぞれ違うような気がする」

「それは人間だから、そうでしょう?」

「人間同士でもそうなんだから、ぬいぐるみ相手じゃもっと複雑になると思うけど」

「……そうか」

遥が何か考えこむような顔になる。

泰隆も、頭に渦巻く思いをまとめられそうになかった。ぶたぶたを好きになるということは、あんなにかわいいのだから自然なことのようにも思えるが、最初の驚きが嫌悪に変わる人だっているだろう。

幸い、この街の人は、彼のことを受け入れているみたいだが——。

だからこそ、ぶたぶたはここにいるのか?

以前、ここには流れ着いたみたいなことを言ってなかったっけ。

その前にいた街に居着かなかった、いや、居着けなかった理由は、楽しい話ばかりではあるまい。

「決めた！」

突然、遥が叫ぶ。

「何？」

「あたし、ぶたぶたさんに——」

「えっ、まさか告白⁉」

「そんなことしないよ！　既婚者相手にわざわざそんなことする趣味はないの。違うんだよ。あたし、ちゃんとぶたぶたさんに謝ってないんだよね」

「何のことを？」

「お店を一緒にやるようなこと言って、そのままうやむやにしちゃったこと。だから、これから謝ってくる。早くしないと、お店が終わっちゃう」

そのまま部屋を飛び出そうとしたので、まずは鍵をかけさせようとしたら、鍵が見つからなくて五分ほど無駄にする。

どうにも頼りない人だ。

店が終わるまで、外で待ちぶせをする。

「何で俺まで……」

「乗りかかった船でしょ！」

遥は、ぶたぶたが最後の客を送り出した時に近づいて、話がある、と伝えた。

「じゃあ、ちょっと中に入って」

ぶたぶたは、これから明日の仕込みをしてから帰るのだ。

「すぐに終わります」

「そうなの？」

二人は店に入り、座らないで立ったままでいた。

「目黒さんは？」

「俺はつきそいです」

「見上さんの？」

「はい」

首を傾げつつ、ぶたぶたは座るようにさらにすすめる。

泰隆が座ると、遥も渋々座った。

ぶたぶたは、椅子のはじっこにちょこんと腰掛けて、腕と足を組んだ。腕は何度か見ているが、足は初めてだ。組んだというか、重ねたという感じだったけれど。

家に帰ってこんなふうに迎えられたら、仕事の疲れも吹っ飛びそうだ。

「いったいどうしたの、見上さん？」

「ええと……」

遥は見るからに緊張していた。

あまりの緊張に、間違って告白するのではないかとハラハラしたが、そんなことはなかった。

「あの……ずっとぶたぶたさんに謝りたいと思っていたことがあって」

「えっ？　謝られるようなこと、されたかな？　デリバリーはいいんだよ。目黒さんに届けてもらったし。ありがとね」

「あっ、お金を払わなきゃ！」

あわてて遥は料金を清算する。

そのあとも少し話が脱線したりしたが、ようやく本題へ入っていく。

「ぶたぶたさんとこのお店のこと、いろいろ話してたでしょ？」

「そうだね」

「いろんな案を出し合ったりして、あの頃は楽しかった……」

「うん、僕も楽しかったよ」

何だか傍《はた》から聞いていると、つきあっていた時の思い出のようだ。

「でも、いきなりあたしはやめちゃったというか……」

「あれは、仕事が忙しくなったからでしょ？」

「そうなんだけど……」

遥がチラリとこちらを見る。その言い訳は嘘らしいが、本当のことは言えないので仕方ない。

「あの時、ろくに謝りもせずにうやむやにして、ごめんなさい！」

結局、彼女は勢いにまかせて一気に言った。

「結局、ぶたぶたさん、一人でやって……全然手伝わなくて、本当にごめんなさい……」

頭を下げたままの彼女のつむじを、ぶたぶたはじっと見つめている。

「見上さん、顔上げて」

ぶたぶたに優しい声をかけられても、そのままだった。

「それを言うなら、僕だって謝らなきゃ」

「え？」

遥が顔を上げる。

「手伝ってないなんて、とんでもない。僕の方こそ、見上さんのアイデアをそのまま使っちゃったんだから」

「でも、あたしだけのアイデアじゃないよ。二人で考えたじゃない」

「ほとんど考えたのは見上さんだよ。僕は質問に答えたり、料理のことをいろいろ言ったりしただけ」

「それがなかったら、具体的なことなんて何も決まらないよ。あたしはお茶のことしかわからないんだもん」

「料理のこともいろいろ言ってたけど」

「あれは妄想！」

遥が言うには、

「自分の『あれがこうで』『これがどうで』という思いつきを、ぶたぶたさんがどんどん明確なアイデアに昇華していった」

そうなのだが……多分、そのとおりなのだろう。

「お互いにそう思ってて、ちゃんと謝り合ったんだから、もういいんじゃない？」

泰隆が口をはさむ。さっきまでそこで言い合っていた自分たち母子のことを思い浮かべてしまう。二度も同じようなことが起こるとは——。

「いいのかな……？」

遥は納得いかないような顔をしていたが、

「いいですか、見上さん？」

とぶたぶたに問われると、

「わかりました！」

と言う。わかりやすい。

でも、ぶたぶたは全然気づいていないようだ。

「あー、何の話かと思ってたから、ちょっと緊張しちゃった……」

ぶたぶたが、安心したようなため息をついた。

「お腹が空いてきたから、何か食べようかな……」

「ぶたぶたさん、お昼は？」

彼は忙しくて、食事を摂《と》り損《そこ》ねることが多いと聞く。食事がいらないように見えて、けっこうな健啖家《けんたんか》（「大食漢」じゃない！　と思って、わざわざ類語辞典で言葉を探した）である。

「食べてないよ」

「あ、俺作ります！」

「目黒さん、カルボナーラ作ってよ」

「あ、夜の〝こむぎ〟で評判のカルボナーラ！」

ぶたぶたが、ぱむっと両手を打った。かすかな白い粉が舞う。

「じゃあ、作りましょうか」

「あたしも食べるー」

「さっきパンケーキ食べたのに」

「あれは別腹よ」

まったく食いしん坊な人だ。

「パスタあったかな？」

ぶたぶたが厨房に走る。

「あ、ありますよ。ちょっと細いのを頼んでおいたんです。そっちの方がおいしいから」

この間は、その場にあったもので作ったから、けっこう太かったのだ。

コンロに大鍋をかける。チーズをおろして、あとは玉子と牛乳。

「ベーコン入れないんだ」

「入れてもいいんですけど」

「食べたーい！」

遥が座ったまま叫んでいる。

「じゃあ、炒めますか」

お湯が沸く間に、ベーコンを炒める。

「そういえば、ぶたぶたさん」

「何？」

「ビスケット作ってた時に気になってたんですけど、小麦粉を二種類入れて、もう一つ何か粉をちょっとだけ入れますよね？」

「うん」

「あのちょっとだけの奴って何なんですか？」

「あれはね、ベーキングパウダー」

ベーキングパウダー？

「ああっ……！　ふくらし粉！」

思わず笑ってしまう。

「何？　どうしたの？」

「俺あれ……何だろうってずっと思ってて……ずっと『魔法の粉』って言ってたんです。ちょっとしか入れないから。そうかー。それ入れなきゃ、ふくらまないよなー」

ケーキとかは作らないから、全然わからなかったよー。

「目黒さん、カルボナーラにも魔法の粉入れるって言ってたでしょう？」

遥がカウンターにやってきた。

「えーっ、そうなの？」

ぶたぶたに驚かれると、なんか得意になれる。

「今作ってるのにも入れる？」

「ベーコン入れる時は入れないんですけど」

「入れてー、両方入れてー！」

「せっかくだから両方入れてください」

二人とも食いしん坊な。

パスタをお湯に入れる。細いのですぐにゆであがる。

ベーコンと玉子の黄身とチーズと牛乳と、魔法の粉（二人に見えないように振り入れる）の入ったボウルに、熱々のパスタを入れて、混ぜるだけ。

「お好みで黒コショウをふってください」

「わーい」

渡された皿を持って、遥はさっさとテーブルに着いてしまう。

「目黒さん」

「はい？」

「魔法の粉って何？」

ぶたぶたの点目は、何だかキラキラしているようだった。

「それは食べてから——というか、食べて当ててくださいよ」

「あ、そうか。じゃ、がんばります」

急に姿勢を正したのがおかしい。


ぶたぶたの食べっぷりは何度見ても不思議だ。魔法の粉にはちゃんとタネがあるが、これには何もない。

細めのパスタを器用にフォークで巻き上げ、ソースも飛ばさず、すする音もさせず、ぬいぐるみの頭部にスルッと入れていく。いや、消えていく。

「おいしいねー！　細めのだと早くできるしー」

気に入ってくれたようだ。

口のあたりをちゃんとじっくり見てみたいと思う気持ちは、いまだに消えない。ここからは見えないが、もしかしてあのあたりで小さなバッカルコーンをしているのでは、と考えると、身震いする。

「それで？　魔法の粉って何なの？」

遥がたずねるが、

「ぶたぶたさんにはさっき『当てて』って言ったんだよ。何だと思います？」

「うーん……多分、アレだと思うんだけど……答えるのは、一度試してみてからでもいいかな？」

「いいですよ」

きっとわかっているに違いない——というほど大げさなものじゃないのだが。

でも、彼に対する秘密は、もう少し持てそうだ。

「何よー、あたしだけわからないんじゃないー。教えてー」

「味わう前にどんどん食べちゃうからだよ」

遥はぷりぷりしているが、泰隆は頑として教えなかった。

「ソースだけでもなめて味わえば、わかるかもしれないよ」

ぶたぶたは親切にも助言してしまう。

「そうか！　ぶたぶたさん、優しい〜」

少しだけ遥の笑顔が切なかった。

「なめてみると多分、憶えのある味に気づくと思うよ」

まったく気づかず、ぶたぶたは助言を続ける。

「ん？　何？　目黒さん」

いつの間にか泰隆はぶたぶたをじーっと見つめていた。

「いや……ぶたぶたさんみたいな人になりたいなあ、と」

「えーっ、それはどういうこと？　ぬいぐるみになりたいの？」

「そうじゃなくて……」

小さいけど、とても優しい人。

完璧な部分と、著《いちじる》しく世間の常識からズレている部分を持っている人。

自分が、とても大きな存在だと思わせてくれる人。

――あ、これは、違う意味も含まれている。

「ぶたぶたさんみたいな料理上手になりたいです」

それも彼の一部。


やりたいことが見つかったかもしれない。

まだまだ漠然としているし、何をすればいいのか戸惑うばかりだけど、どこを目指せばいいのかはわかった。

明日もぶたぶたの朝食を食べて、がんばろう。

あとがき

お読みいただき、ありがとうございます。

十五冊目のぶたぶたは、カフェが舞台です。

喫茶店はありましたけど、それとは違うカフェですよ、カフェ。食べ物ネタとして、いつかはやりたいと思っておりました。

しかも、私の趣味丸出しです。

いつもよりおいしく読んでいただけるのではないか、と思っております。


突然ですが、私は小さい頃から、ほんとに食い意地の張った人間でした。

父方の祖父の家の庭にあったビワの木に登り、思う存分ビワを食べて腹を壊す。

大みそかに紅白を見ながらおせんべいの品川巻《しながわまき》を一袋一気食《いっきぐ》いし、三が日を寝込んで過ごす。

梅酒に漬かった梅の実を食べ過ぎ、次の日急性アルコール中毒で学校を休む。

スーパーで特売していた大量の甘海老《あまえび》を、吐き気がするまで食べ続ける。

小さい干し柿をパクパク食べていたら、お腹が冷えてえらいことになる。

――枚挙《まいきょ》にいとまがありません。何回限界に挑戦しているんでしょうか。しかも、懲《こ》りない。


好き嫌いもありません。好まないものはありますが、ちゃんと食べられます。できれば食事は残したくない。

このように食べ物への執着が半端《はんぱ》ではないので、本や映画などの「食事」や「食べ物」のシーンも大好き。

おいしそうな料理や食事シーンを書ける小説家さんにあこがれたものです。その頃(中学か高校か)真似して書いてみたけど、全然ダメだった。素人だったのに、ダメだってわかるくらいダメ。


「いつかおいしい料理を書けるようになりたい！」

と思ったものです（本当です）。

映画の話をしていると、いつの間にか登場人物が何を食べていたかという話になるので、

「また食べ物の話か！」

と夫に突っ込まれます。

でもしようがない。それが私の記憶の糸口なんだもの。

プロになってから、特に食べ物にこだわったものは書いてきませんでしたが、ぶたぶたシリーズでようやく「食べ物がおいしそう」と言っていただけるようになってきました。

小説自体、ずっと「うまくなりたい」と思って書いてきましたし、今でもそうですが、食べ物の描写ってそういうのとちょっと違う。同じ「うまく」でも「美味く」、つまり「おいしく」書きたい。

似ているように見えて、追究する方向が全然違うのです。

はっきり言って、食べ物がおいしそうだろうとまずそうだろうと、お話が面白ければ誰も文句ありませんものね……はは。

だから、食べ物や料理の描写を一番楽しんでいるのは、私なんだ、と思います。一番

苦しんでもいますけど……。手間はどのシーンも一緒だし、書いてておなか《なか》は空くし。

ぶたぶたの料理を一番食べたいと思っているのも私です。もう、これだけは胸を張って言えるね。絵に描いた餅じゃなくて、字で書いたパンケーキですよ。そのまま出てこいってんですよっ。


今回は手塚リサさんの表紙に惹かれて思わず手に取った方もいるんじゃないかなあ。私なら、手に取る！

ありがとうございました。

そして、その他お世話になった方々もありがとうございます。

いつものように私のブログ（http://yazakiarimi.cocolog-nifty.com/）にはネタバレあとがきを載せる予定です。取材だけじゃなく、趣味で食べた粉物《こなもの》の写真もありますので――。

ツイッターとかもやっていますけど、ここでも食べ物のことばっかりつぶやいているような、と気づいたのが今日。ダイエットとかはしてないんですけどね。

それでは、またお会いしましょう。

光文社文庫

文庫書下ろし

ぶたぶたカフェ

著者　矢《や》崎《ざき》存《あり》美《み》

2012年7月20日　初版1刷発行
2012年8月10日　2刷発行

発行者　駒井稔
印刷　萩原印刷
製本　榎本製本

発行所　株式会社　光文社
〒112-8011　東京都文京区音羽1-16-6
電話(03)5395-8149　編集部
8113　書籍販売部
8125　業務部

ISBN978-4-334-76436-4　Printed in Japan

組版　萩原印刷

お願い　光文社文庫をお読みになって、いかがでございましたか。「読後の感想」を編集部あてに、ぜひお送りください。

このほか光文社文庫では、どんな本をお読みになりましたか。これから、どういう本をご希望ですか。

どの本も、誤植がないようつとめていますが、もしお気づきの点がございましたら、お教えください。ご職業、ご年齢などもお書きそえいただければ幸いです。当社の規定により本来の目的以外に使用せず、大切に扱わせていただきます。

光文社文庫編集部